O AMIGO QUE VEIO DAS ESTRELAS

AMÉRICO SIMÕES

O AMIGO QUE VEIO DAS ESTRELAS

Barbara

Revisão
Sumico Yamada Okada

Capa e diagramação: Meco Simões

Foto capa: /Latinstock/Corbis

Dados Internacionais de Catalogação na Publicação (CIP)
(Câmara Brasileira do Livro, SP, Brasil)

Garrido Filho, Américo Simões
O amigo que veio das estrelas/ Américo Simões. - São Paulo:
Barbara Editora, 2014/2015.

1. Romance Brasileiro I. Título.

12-6215 CDD-869.93

Índices para catálogo sistemático:
1. Romances: Literatura Brasileira 869.93

ISBN 978-85-99039-48-9

BARBARA EDITORA
Rua Primeiro de Janeiro, 396 – 81
Vila Clementino – São Paulo – SP – CEP 04044-060
Tel.: (11) 5594 5385
E-mail: barbara_ed@2me.com.br
www.barbaraeditora.com.br

Este livro é dedicado à eterna criança
que habita o interior de cada um...

O planeta Terra onde nós, seres humanos, vivemos, gravita juntamente com Mercúrio, Marte, Vênus, Júpiter, Saturno, Urano, Netuno e Plutão ao redor do Sol. Essa conjunção de planetas é chamada de sistema solar. Até onde se sabe, a Terra é o único planeta desse sistema onde existe vida. A Lua que vemos à noite é um satélite natural que gravita ao redor da Terra. Não é só a Terra que possui uma lua, outros planetas também possuem, alguns até mais de uma.

É no sistema solar que começa a nossa história...

1
Um grande sonho...

Vendo que o Sol andava entristecido, Júpiter, o planeta brincalhão e otimista, tentou alegrá-lo, contando uma piada; mesmo assim, o Astro-Rei não se alegrou, deu apenas uma risadinha forçada e logo retomou seu ar entristecido.

— O que há, amigo Sol? — quis saber Júpiter. — Por que anda tão jururu?

O Sol olhou para o amigo e resolveu desabafar. Contar o que o afligia tanto.

— Estou cabisbaixo porque tenho um sonho, amigo Júpiter. Um sonho impossível.

— Um sonho impossível?! — espantou-se o monumental planeta.

— Sim, meu amigo, um sonho impossível.

— E que sonho é esse, meu camarada, posso saber?

O Sol, num tom de voz baixo e cauteloso, respondeu:

— Sabe, meu amigo, para mim, não há nada mais interessante no nosso sistema solar quanto o planeta Terra, não só pela beleza estupenda de sua natureza, mas pelas pessoas que moram lá. Já faz milênios que assisto ao que se passa na vida dos terráqueos tal como quem assiste a uma novela ou a um Reality Show. Estou sempre curioso para saber que rumo as pessoas vão dar para suas vidas, como vão solucionar seus problemas...

Morro de rir com as piadas que os seres humanos contam, com as brincadeiras que aprontam... com as festas que fazem para celebrar a vida, seus momentos felizes, suas vitórias.

Pois bem, já faz muito tempo que pintou uma vontade imensa em mim de conhecer a Terra pessoalmente. Ver de pertinho o ser humano, trocar um aperto de mão, abraçá-lo, dar-lhe e receber um beijo, bater um papo, experimentar a água que tanto os seres humanos apreciam, tomar um banho de mar, um banho num lago, comer pipoca, andar a cavalo, de bicicleta, patins, skate, dançar, entre outras coisas."

O Astro-Rei suspirou ao dizer:

– Ah! Como eu gostaria de poder viver tudo isso, nem que fosse apenas por algumas horas...

Seus olhos então se entristeceram, tanto quanto sua voz. Com pesar ele acrescentou:

– Mas eu sei que meu sonho é impossível, utópico, pois jamais poderei pisar na Terra, nem sequer aproximar-me dela, pois torraria toda a natureza, bem como as pessoas com o meu calor. Para realizar meu sonho precisaria transformar-me num ser humano. Mas onde e quando você já viu um de nós transformar-se num? Nem nos contos de fada, não é mesmo?

Júpiter concordou.

– Por isso que há tempos ando triste. Terei de aprender a viver sem poder realizar este meu maior desejo para todo o sempre.

Júpiter não se deixou abater pela situação do amigo, com carinho disse:

– Não perca as esperanças, meu amigo, seja otimista, dizem que nenhum sonho é impossível!

– O meu é, não tem jeito – lamentou o Sol.

– Talvez, não. – observou Vênus, pedindo licença para entrar na conversa. – Observei que os terráqueos têm o hábito de fazer um pedido, tido como impossível, toda vez que veem uma estrela cadente pois acreditam que elas têm o poder de realizar todo e qualquer sonho impossível.

– É mesmo?! – empertigou-se o Sol.

– Sim, sim – respondeu Vênus. – Mas o pedido tem de ser feito com otimismo e fé. Tem que se acreditar realmente que a estrela cadente pode transformar um sonho impossível em realidade.

Vênus soltou um suspiro e continuou:

– Pois bem, você pode fazer o mesmo aqui no sistema solar, amigo Sol, só que ao invés de fazer seu pedido para uma estrela cadente, deve fazê-lo quando um cometa atravessar o nosso sistema!

— Um cometa? — perguntaram Júpiter e Sol uníssonos.

— Exato! Porque a força de um cometa nesse caso é bem mais forte que o de uma estrela cadente.

Um sorriso se estampou em Sol. Era uma esperança.

— E quando será que um cometa vai passar por aqui? — perguntou o Astro-Rei, empolgado.

— Urano deve saber. Afinal, é ele quem tem sempre a visão do futuro — lembrou Vênus.

O Sol tratou imediatamente de fazer a pergunta a Urano que respondeu prontamente:

— Muito em breve estará passando um cometa por essas bandas, caro Astro-Rei.

— Que bom! — exclamou o Sol empolgado.

Vênus e Júpiter também ficaram contentes.

Foi então que de repente ouviu-se uma voz desanimada e lamurienta dizer:

— Isso não vai dar certo!

Era Saturno, conhecido por todos como o planeta pessimista e estraga prazeres. O Sol não lhe deu ouvidos; preferiu manter seu otimismo como Júpiter havia lhe aconselhado, mesmo porque ele sabia que o amigo sempre conseguia as coisas por ser otimista ao extremo, por ter uma fé inabalável.

2
Uma grande ajuda!

Tudo ia bem até que o Sol percebeu que havia algo ainda mais impossível do que já havia previsto em relação à realização do seu sonho. A descoberta deixou-o triste e desolado.

– O que houve Astro-Rei? – perguntou Vênus condoída pelo amigo. – O que o aborrece agora?

– Por mais que o cometa possa realizar o meu sonho (transforme-me num ser humano para poder descer à Terra), não posso me ausentar daqui, senão deixarei as pessoas na Terra apavoradas com o meu sumiço.

– Oh!!! – o desapontamento era evidente no rosto de Vênus.

Os demais planetas também ficaram visivelmente desapontados, exceto Saturno que ficou repetindo incansavelmente em meio a um sorriso um tanto quanto sardônico:

– Eu disse, eu disse que não ia dar certo! Eu disse... bem que eu disse!!!

Marte mandou Saturno ficar quieto, senão iria fazê-lo engolir seus anéis. Pelos olhos do planeta pessimista passou um lampejo de rebeldia; mas logo suas pálpebras se abaixaram, submissas.

Enquanto isso o astucioso Mercúrio ficou pensando num modo de ajudar o amigo Sol. Netuno ficou cantando uma canção para consolá-lo. E Júpiter repetiu com ênfase: "Nenhum sonho é impossível, mantenha-se otimista! Não perca a fé! Para tudo há uma solução!"

As palavras do colega reanimaram o Astro-Rei.

Foi quando o Sol avistou a lua da Terra que ele teve uma brilhante ideia, brilhante mesmo.

– Ei! Dona Lua – chamou o Sol com seu vozeirão bonito, de tenor. – Como vai a senhora?

A Lua olhou-o com um sorriso encantador e disse:

– Muito bem, e o senhor?

– Melhor agora que a vi.

Ela ficou toda cheia pelas palavras do amigo.

– E como vão as noites da Terra?

– Lindas, mágicas, glamorosas, porém, alguns terráqueos desumanos se aproveitam da noite para causar problemas, o que é uma pena. Mas eu sou otimista tal como Júpiter e acredito que, apesar dos pesares, o ser humano tende a melhorar. E como anda a Terra durante o dia?

– Como sempre, há muita coisa interessante para se observar, tais como: jogos de futebol, shows ao ar livre, surfe nas praias, piqueniques, dentre muitas outras legais.

– Os terráqueos gostam muito de você, Sol, muito mais do que de mim.

– Não diga isso, Dona Lua! Somos queridos igualmente.

A Lua tornou a ficar cheia diante do comentário. Prestando melhor atenção ao Astro-Rei, ela comentou:

– O senhor me parece hoje mais brilhante e mais feliz do que o normal. O que houve?

– De fato estou me sentindo bem mais alegre e feliz agora – respondeu o Sol, corando ligeiramente.

– Parece ansioso para me contar algo! O que é?

– Quero lhe contar um desejo antigo. Mas só conto se a senhora prometer não rir de mim.

– Pode ficar tranquilo, Sr. Sol! Prometo não rir. Vamos lá, conte-me...

Lua a essas alturas já estava prateada de curiosidade. O Sol disse:

– Eu tenho uma tremenda vontade de conhecer a Terra pessoalmente!

– É mesmo? – espantou-se Lua.

– Sim! – confirmou Sol.

– Mas isso não seria possível! O senhor é imenso, muito maior que a

Terra. Aproximando-se, colocaria os seres humanos em perigo, pois quanto mais próximo dela, maior é a intensidade de seu calor. Fritaria todos como se frita batata frita! Queimaria tudo por lá!

– Eu sei, por isso guardei esse desejo dentro de mim por milênios até perceber que poderia realizá-lo se me transformasse num ser humano.

– O Sol transformar-se num ser humano?! E isso é possível?!

– Pensei a princípio que não, até Vênus me contar sobre o poder de um cometa.

O Sol contou à Lua o que Vênus lhe ensinara.

– Portanto, quando o cometa passar, vou pedir a ele para que me transforme num ser humano, numa criança precisamente, e assim poderei descer à Terra.

– Uma criança? Por que uma criança?

– Porque são mais divertidas.

– Ah! Mas, Sr. Sol, o senhor não pode se ausentar do seu posto no céu; os terráqueos entrarão em pânico...

– Eu sei. E é por isso que estou tão feliz agora, pois descobri como posso me ausentar do meu posto sem que os terráqueos percebam!

– Como?

– Com a sua ajuda, Dona Lua! Foi por isso que a chamei. Só a senhora pode me ajudar!

– Eu?

– A senhora mesma, Dona Lua. Basta simular um eclipse solar!

Os lábios da Lua se abriram e um ar de espanto nublou seus olhos:

– Um eclipse?

– Sim, um eclipse!!!

"O amigo Sol só pode estar biruta!", pensou a Lua com suas crateras. Lendo os pensamentos da amiga, o Astro-Rei explicou:

– Um eclipse solar total acontece quando a Lua se alinha na mesma direção que o Sol, certo? Por estar mais próxima da Terra, a Lua torna-se maior que o Sol e por isso o encobre. Já que a senhora está na minha frente ninguém notará que eu desapareci do sistema solar. Que fui transformado em uma criança e desci à Terra.

– Que ideia excelente! O senhor é mesmo muito inteligente! – elogiou a Lua com sinceridade.

— Obrigado — agradeceu o Sol com um leve sorriso, bailando em seus lábios.

— Mas diga-me, como o senhor fará para se comunicar com os seres humanos?

— Isso não será problema. Após tantos anos observando o que se passa na Terra, aprendi a falar todas as línguas: inglês, francês, português, japonês, espanhol, alemão, chinês, russo, árabe, etc...

— Muito bem, Senhor Sol, está combinado! Vou forjar um eclipse solar bem no momento em que o senhor estiver preparado para descer à Terra em forma de criança. Farei isso apenas com uma condição. Que o senhor assim que retornar de sua aventura na Terra me conte com detalhes tudo que viveu enquanto esteve por lá.

— Conto sim, amiga Lua! — garantiu o Sol.

Os dois se contemplaram com admiração. Então, subitamente, uma estranha expressão sombreou a Lua. Com voz tépida disse:

— Mas, Senhor Sol, um eclipse dura muito pouco tempo, sendo assim, o senhor não terá muito tempo para aproveitar sua visita à Terra.

— Eu sei! Já pensei nisso também! Por isso lhe peço que permaneça na frente do meu posto no céu por mais tempo que o tempo normal de um eclipse!

— Eu posso fazer isso, mas não por mais de 12 horas. Se o senhor não voltar no final desse período, os terráqueos perceberão que o senhor desapareceu do universo pois sairei da frente do seu posto no céu.

— Eu sei! Pode ficar tranquila, estarei de volta na hora certa!

— Tomara que nada dê errado — resmungou Saturno.

— Nada pode dar errado — falou o Sol confiante.

— Estamos combinados — disse a Lua toda cheia de si.

3
Um pedido muito especial

Como Urano previu, o cometa tão esperado começou a cruzar o sistema solar.

Era um cometa bonito de se ver, brilhante, com uma longa cauda reluzente que lembrava e muito o véu de uma noiva.

Assim que o Sol o avistou, seus olhos saltaram das órbitas, tamanha emoção. Sem delongas, chamou o cometa e falou de seu maior desejo:

– Senhor Cometa, quero muito visitar a Terra para que eu possa conhecer de pertinho tudo o que se passa por lá. Para isso preciso ser transformado num ser humano, caso contrário não terei chance de interagir com os habitantes da Terra. Gostaria de ser transformado numa criança porque crianças são mais divertidas. Será que pode me ajudar? Se sim, precisa ser bem no momento em que a Lua estiver formando um eclipse solar para que os habitantes da Terra não se apavorem com o meu sumiço do céu.

O cometa respondeu em meio a um sorriso:

– Muito bem, já que seu pedido foi feito com determinação e fé, vou atendê-lo.

– Sério?! – Sol não cabia de alegria. – Fico-lhe muito grato!

– A transformação ocorrerá no exato momento em que se der o eclipse. Portanto esteja preparado. Você será transformado numa estrela pequenina e seguirá rumo à Terra tal como se fosse uma estrela cadente. Somente chegando lá, é que se tornará um ser humano, uma criança, um menino, precisamente. Compreendeu?

– Sim, senhor! – respondeu o Sol todo ouvidos.

O cometa arrematou:

— Você poderá ficar na Terra pelo tempo em que a Lua conseguir manter o eclipse solar. Quando esse tempo se esgotar, o senhor deverá estar exatamente no mesmo local onde pousou, quando lá chegou, para que possa retornar ao sistema solar e voltar a ser o Sol. Caso isso não aconteça, o senhor ficará preso na Terra para sempre.

— Estarei lá com certeza, Senhor Cometa, pode ficar tranquilo.

— Boa sorte!

— Muito obrigado!

Sol mal podia se conter de alegria. Os planetas vibraram com sua alegria. Exceto Saturno que ficou de cara amarrada, repetindo incansavelmente:

— Isso não vai dar certo... Não vai...

4
Horas depois, no planeta Terra...

Em uma chácara próxima a uma pequena cidade do litoral, num lugar muito bonito, cercado de montanhas altíssimas de cujos topos os visitantes podiam ter magnífica vista panorâmica e de onde se podia saltar de asa delta, vivia Mel, uma garota de dez anos, rosto angelical, olhos azuis da cor do mar, longos cabelos loiros, sempre presos à Maria Chiquinha. Um encanto de menina.

Com ela vivia sua mãe, Dona Maria e também Sebastião, o cãozinho de estimação de Mel. Um bulldog branco com manchas pretas, metido a valente, mas sempre disposto a fazer amigos.

A chácara onde mãe e filha moravam, ficava a apenas dois quilômetros de distância de uma pequenina cidade chamada Girassóis. Uma agradável e pitoresca cidade litorânea, muito visitada durante o verão por causa da sua bela praia.

Mel preferia percorrer de bicicleta diariamente a distância entre a chácara e a cidade para ir à escola a se mudar dali. Amava o lugar e andar de bicicleta não era nenhum sacrifício, sabia que era extremamente saudável para seu físico e, portanto, pedalava com prazer.

Mel era literalmente apaixonada por astronomia. Tão grande era seu interesse pelo assunto que decidira ser, no futuro, uma grande astrônoma, por isso vinha estudando a matéria com afinco.

Chegou também a pregar no teto de seu quarto, adesivos autocolantes e fosforescentes em forma de estrelas, planetas e luas que compõem o sistema solar, só para ficar admirando, de sua cama, até adormecer.

Diante do crescente interesse pelo tema, sua mãe, Dona Maria, havia-lhe presenteado no aniversário passado, com uma luneta para que a filha pudesse observar o céu com mais detalhes. Mel amou a luneta. Não podia haver presente melhor do que aquele.

Dona Maria também levava a menina, sempre que podia, à Capital onde havia um planetário que lhe possibilitava ver o céu e os planetas ainda com maior nitidez.

Nesse dia em especial, Mel estava empolgadíssima, pois ouvira no rádio que no dia seguinte haveria um eclipse solar, fenômeno que ainda não havia tido a oportunidade de ver com os próprios olhos. Sabendo que era aconselhado assistir ao eclipse, usando óculos especiais para a ocasião, Mel foi a Girassóis, a loja de Dona Luiza e seu Alfredo, comprar tal objeto.

Passava pela rua principal da cidade quando encontrou Bruno e Pitágoras, seus dois melhores amigos. Bruno era um garoto de cara travessa, olhos vivos e ar de quem se acha enormemente importante. Declaradamente apaixonado por esportes.

Pitágoras, nove anos de idade, era descendente de orientais, pele clara, cabelos e olhos puxadinhos, pretos, atentos e ligeiros. Um menino cuja maior paixão na vida era desvendar mistérios, por isso fora apelidado pelos amigos de "Pequeno Detetive". Andava sempre com uma lupa no bolso e um boné de Sherlock Holmes sobre a cabeça.

Ambos consideravam Mel a garota mais interessante da cidade, devido a sua paixão por astronomia, algo incomum e excêntrico para todos.

– Mel, onde está indo? – perguntou Bruno.

– Vou comprar óculos especiais para ver o eclipse de amanhã. É desaconselhável olhar para um eclipse sem proteção nos olhos!

– É mesmo?! Eu não sabia disso! – exclamou Bruno, surpreso.

– Eu, sim – confirmou Pitágoras com satisfação.

– Se vocês quiserem ir ver o eclipse lá da minha casa, na chácara, estão convidados – disse Mel, entusiasmada. – Também convidei Amanda. Com a minha luneta poderemos observar melhor o eclipse! Mamãe fará algumas guloseimas! Será ótimo!

– Iremos, sim! – responderam os dois garotos, em uníssono.

– Nos vemos amanhã! Não se esqueçam de providenciar os óculos especiais – reforçou Mel, pondo-se novamente a caminho da loja.

Minutos depois, a menina chegava a pequena loja do seu Alfredo e de Dona Luiza, um casal de velhinhos muito simpáticos, que saudaram a menina com grande alegria.

– Já sei o que veio buscar – disse Alfredo amavelmente –, os óculos especiais para ver o eclipse, certo?!

Mel balançou a cabeça em concordância, sorrindo com grande satisfação e disse:

– Estou ansiosa, seu Alfredo, é o primeiro eclipse que verei na vida!

– Que maravilha, minha querida. Tenho certeza de que será um momento inesquecível.

Assim que Mel pegou os óculos da mão do homem, Dona Luiza disse:

– Leve os óculos como um presente meu e do Alfredo. É um incentivo nosso, querida, para que continue seus estudos sobre astronomia.

– Muito obrigada – agradeceu a menina verdadeiramente feliz pelo presente que ganhara do simpático casal.

Mel seguiu o caminho de volta para casa sem nenhuma pressa, admirando com atenção os detalhes das árvores frondosas que margeavam a estrada e os passarinhos que brincavam por entre as folhas tal como se fizessem um balé esquisito, acompanhado de uma sinfonia amalucada, executada por eles próprios.

5
Prontos para assistir ao eclipse

Na manhã do dia seguinte, Dona Maria, mãe da Mel, acordou um pouco mais cedo que o de costume para preparar o lanche para as crianças. Haveria suco, gelatina, pipoca, sanduichinhos de pão integral, com queijo fresco feito por ela mesma com o leite de Prestimosa, uma de suas vacas leiteiras mais produtivas, entre outros comes e bebes.

Os amigos da filha chegariam pela manhã para assistirem ao eclipse e nada melhor do que observá-lo, forrando o estômago com deliciosas e suculentas guloseimas.

A primeira a chegar à chácara foi Amanda, uma menina bonita, de cor negra, viçosa, cabelos encaracolados, olhos grandes, vivos, cujas pupilas pareciam duas suculentas jabuticabas. Um encanto de garota.

Bruno foi o próximo a chegar, seguido de Pitágoras.

— E aí pessoal, tudo bem? — saudou Pitágoras.

— Tudo joia, Pitágoras, e você? — saudaram todos.

— Legal! — respondeu o menino, olhando com curiosidade para a luneta.

— E aí, Pitágoras, já conseguiu desvendar algum mistério? — perguntou Amanda no seu tom mais sarcástico.

— Muitos — afirmou o pequeno detetive, estufando o peito, orgulhoso de si mesmo.

Amanda e Bruno se entreolharam e não se contiveram, caíram na risada. Até mesmo Sebastião parecia estar rindo do menino papudo.

Sebastião que era muito querido pelos amigos de Mel, recebeu todos com latidos calorosos e abanos compassados do rabinho. O pequeno bulldog também parecia empolgado com o grande acontecimento do dia.

Assim que Dona Maria terminou de preparar o lanche, foi ao encontro da filha e dos amigos e disse:

– Bem, garotada, deixei alguns comes e bebes na cozinha para vocês se servirem quando sentirem fome. Agora vou correr para o trabalho, pois já estou atrasada! Divirtam-se!

Maria deu um beijo em cada uma das crianças e um em especial na filha. Assim que entrou no carro e ligou o motor, Sebastião latiu ardido e a mulher logo compreendeu o porquê: ela havia se esquecido de se despedir dele. Assim, Maria pôs o rosto para fora da janela e arremessou alguns beijinhos com a mão, deixando o pequeno Sebastião, metido a valente, todo envaidecido com seu mimo.

– Até mais tarde, mamãe! – disse Mel, acenando.

Maria acenou para a filha e partiu, com Sebastião, como sempre, correndo atrás do carro, latindo ensandecido até o veículo cruzar a porteira da chácara de onde ele regressava com a língua de fora, resmungando alguma coisa em linguagem que só os cães poderiam compreender.

– Sebastião gosta muito da sua mãe, hein, Mel? – comentou Amanda, acompanhando o cãozinho com o olhar.

– Muitíssimo – respondeu a menina, enquanto ajustava a lente da luneta.

Nisso, Bruno, apontando para o céu, disse:

– Vejam! A Lua já está bem próxima do Sol.

– Sim – concordou Mel –, o eclipse está prestes a começar.

Todos olharam para o céu com curiosidade e encanto. Pitágoras então comentou:

– Às vezes eu me pergunto... Será que algum dia o ser humano vai poder ver o Sol de pertinho? Quem sabe até pousar nele?

Bruno deu um peteleco na cabeça do menino e disse:

– Acorda, Mané! É óbvio que não! Se chegarmos perto do Sol, e não precisa ser tão perto assim, viramos churrasquinho e bem passado.

Ouviu-se então a voz alta e empolgada de Mel:

– Ponham os óculos, pessoal! O eclipse está começando!

A meninada obedeceu.

– Mas, afinal, por que temos de usar esses óculos especiais para ver o eclipse? – quis saber Amanda curiosa.

– Porque – respondeu Bruno em tom fantasmagórico –, se olharmos direto para o eclipse, viramos pedra, tal como acontecia quando as pessoas olhavam para a Medusa, aquela figura da mitologia Grega.

– Não é nada disso! – explicou Mel. – Usamos esses óculos especiais para proteger nossos olhos de raios emitidos pelo Sol mesmo encoberto pela Lua e que possam prejudicar nossa visão.

– Au, au – latiu Sebastião como se tivesse entendido perfeitamente a explicação.

Em seguida, Mel agachou para colocar os óculos no cãozinho que ganhou ares de intelectual. A garotada divertiu-se um bocado ao ver o pequeno bulldog daquele jeito. Até mesmo os passarinhos, borboletas e joaninhas que transitavam pelo local, divertiram-se, ao vê-lo assim.

6
O grande momento!

Bem no exato momento em que o eclipse se formou por inteiro, Sol, como o cometa havia lhe prometido, foi transformado numa grande e brilhante estrela cadente que partiu rumo à Terra.

Ao passar pela Lua, o Sol, empolgado, berrou:

– Dona Lua, lá vou eu!

– Boa sorte, Senhor Sol e aproveite bastante! – respondeu ela, toda cheia por poder ajudar a realizar o sonho de seu grande amigo.

O Sol transformado numa estrela cadente atravessou a camada de ozônio que protege a Terra e seguiu justamente na direção da chácara onde se encontrava Mel em companhia de seus amigos.

Assim que chegou à Terra, transformou-se em um garoto, de cabelos dourados como os raios do sol e olhos num tom de azul bonito como a imensidão do céu.

Ao abrir os olhos e ver que se encontrava ao lado de um arbusto verdinho, o Astro-Rei sentiu seu coração bater mais forte. Ao avistar seus braços e mãos, depois seus pés e apalpar seu corpo, uma felicidade imensa explodiu em seu interior como fogos de artifício explodem no céu.

Tudo havia dado certo, ele agora era um ser humano, uma criança, um garoto como sempre sonhou ser. Pronto para provar as delícias que a vida na Terra proporciona a todos os seus habitantes.

Sol olhou na direção da Lua e com o polegar direito fez o sinal de positivo para informá-la de que ele estava bem, que tudo havia saído conforme o combinado.

A Lua assim que avistou o sinal suspirou aliviada, grata a Deus por ter dado tudo certo.

Os planetas no sistema solar sorriram de ponta a ponta por verem seu grande e brilhante amigo realizar seu maior sonho. Somente Saturno não se alegrou com o grande acontecimento e continuou repetindo, exaustivamente:

— Isso não vai dar certo, não vai...

A transformação do Sol em criança provocou baita clarão. As crianças estavam tão entretidas com o eclipse que não notaram, exceto Pitágoras. O menino ficou cabreiro, não era para menos, nunca havia visto um clarão tão forte como aquele, tampouco encontrava motivos para ter havido um.

Sebastião também havia visto o surpreendente e misterioso clarão provocado pela chegada do Sol à Terra, algo que também deixou o pequeno bulldog curioso e ligeiramente assustado.

Sem delongas, Pitágoras cutucou Mel para informá-la do que viu. Mas a menina não lhe deu ouvidos. Ele insistiu, puxando a manga de sua blusa.

— Calma, Pitágoras, é preciso esperar a sua vez para ver o eclipse pela luneta! — informou Mel.

— Não é isso — retrucou o garoto e visto que a amiga continuava a ignorá-lo, Pitágoras elevou a voz: — Pessoal!

Ninguém, no entanto, lhe deu atenção. Ele, elevando ainda mais a voz, insistiu mais uma vez:

— Pessoal!

— O que é? — perguntou Bruno, irritando-se com a insistência do garoto.

— Vocês viram o que eu vi?! — indagou Pitágoras com certa apreensão.

— Estamos vendo! — respondeu Bruno, impaciente.

— Não é do eclipse que estou falando — explicou Pitágoras.

— O que é, então? — exaltou-se Bruno.

Sebastião tornou a latir e, desta vez, mais forte. Mel pegou-o nos braços e procurou confortá-lo.

— Pobre, Sebastião — disse ela, carinhosamente —, está assustado, não é, querido? Não é para menos, toda essa penumbra provocada pelo eclipse torna mesmo tudo assustador por aqui.

– Não é isso, Mel – atalhou Pitágoras alvoroçado.

– Não?! O que é então?! – perguntou Mel, olhando curiosamente para o amigo, enquanto Sebastião voltava a latir mais ardido e procurava com grande esforço fugir dos braços da menina.

– Você não viu o clarão, Mel? – indagou Pitágoras com os olhos a ir e vir do local onde havia se dado o fato.

– Clarão?! Que clarão?! – espantou-se a menina.

– Eu vi um clarão! Um grande e misterioso clarão aparecer por trás daqueles arbustos perto daquelas árvores – explicou Pitágoras, apontando com o dedinho para o local.

Todos olharam naquela direção.

– Pitágoras, você está vendo coisas! – desdenhou Amanda.

– Não estou, não! – defendeu-se o pequeno detetive. – E o Sebastião está latindo desenfreado assim, porque também viu.

– Onde foi exatamente que você viu esse clarão? – perguntou Bruno, olhando de viés para o amigo.

– Vocês estão vendo aqueles arbustos ali entre a árvores? Pois bem, foi bem ali!

Bruno, franzindo o cenho, lançando um olhar desconfiado para o amigo, perguntou:

– Como foi exatamente esse clarão que você viu?

– Não sei definir! Foi como se uma fogueira tivesse sido acesa e segundos depois, apagada.

Bruno riu e disse:

– Então o que você viu só pode ter sido uma fogueira!

Amanda pediu permissão para opinar:

– Talvez tenha sido o reflexo de um farol de carro que passou pela estrada.

Todos concordaram com a hipótese de Amanda. Aquela parecia ser a explicação mais plausível. Pitágoras calou-se, coçou a nuca enquanto balançava o corpo, introspectivo e, por fim, disse:

– Não, definitivamente não! O clarão que eu vi não foi de nenhum farol de carro, era algo bem diferente disso, tenho certeza. Absoluta certeza!

Nisso Sebastião saltou dos braços de Mel e correu na direção dos arbustos.

— Sebastião, volte aqui! — berrou Mel, correndo atrás dele.

— Mel! Não vá! E se for verdade o que Pitágoras disse, você ficará em perigo! — alertou Amanda, sentindo-se subitamente medrosa.

Sebastião não deu ouvidos a Mel e nem ela ao alerta da amiga, ambos continuaram correndo. Os amigos acharam por bem segui-los.

Sebastião parou próximo aos arbustos junto às árvores e ficou latindo alto e seguidamente enquanto olhava fixamente para o local.

A garotada rodeou o cãozinho metido e valente.

— O que há, Sebastião? — perguntou Bruno, como se o cãozinho pudesse responder.

— É melhor chamar sua mãe, Mel — sugeriu Amanda, contorcendo os dedos de tensão.

— Você esqueceu que minha mãe foi trabalhar? — respondeu Mel, olhando atentamente para os arbustos.

— Então, chame outra pessoa qualquer — ordenou Amanda, apoiando-se ora num pé, ora noutro.

— Hoje é sábado, não há ninguém trabalhando aqui na chácara — explicou Mel sem tirar os olhos dos arbustos.

Ouviu-se então, nesse exato momento, um estalo como se alguém tivesse pisado num galho seco e partido. Todos olharam com mais atenção para o local, com os olhos desta vez, arregalados.

— Pode ser um ET — sugeriu Pitágoras, pensativo.

— Um ET?! — apavorou-se Amanda.

— Que ET, que nada! Parem de imaginar coisas — atalhou Mel, aproximando-se ainda mais dos arbustos.

— Se aparecer alguma coisa estranha, corremos para a casa! — sugeriu Bruno, começando a tremer feito vara verde.

— Isso mesmo! — concordou Amanda, rilhando os dentes de medo.

— E nos trancamos dentro dela! — completou Bruno de um fôlego só.

Foi bem no momento em que Mel espiou atrás dos arbustos que ela deu de cara com um menino, sentado de cócoras, olhos assustados, voltados para ela. Tanto ele quanto ela assustaram-se ao se verem cara a cara, olhos nos olhos.

Quando os demais viram o menino agachado atrás dos arbustos, todos deram um passo para trás. Amanda soltou um grito de susto tão agudo que um bando de passarinhos bateu em revoada e algumas borboletas voaram em disparada.

– Acalme-se Amanda, por favor – pediu Mel com delicadeza. E voltando-se para o menino que acabara de encontrar escondido atrás do arbusto perguntou, curiosa:

– Quem é você?

O garoto Sol olhou para a garotada de cima a baixo, maravilhado e emocionado com o que via. Afinal, aquela era a primeira vez em que ele, o Sol, ficava tão próximo dos seres humanos.

Reconhecendo de imediato a língua que eles falavam, ele pôde responder à pergunta que Mel lhe fizera:

– Eu sou... – gaguejou. – Eu sou...

Só nesse momento é que o Sol se lembrou de que precisava ter um nome. Todo ser humano tinha um para se identificar, se não tivesse, a garotada iria estranhar. Como pudera se esquecer de um detalhe tão importante quanto aquele? Repreendeu-se. Que nome se dar assim tão de repente, sem ter tempo para pensar?

– Quem é você? – insistiu Bruno, impaciente.

Foi então que uma luz se acendeu no cérebro do Sol.

– Meu nome é Sol!

– Sol? – ecoou Amanda, franzindo o cenho.

– Sim – reforçou Sol. – O meu nome é Sol.

– Muito prazer, Sol – disse Mel, estendendo-lhe a mão. – Eu sou Mel. Você é novo na vizinhança?

Reapareceu o mesmo sorriso desconcertante no rosto do menino antes de ele responder:

– S-sou... Sou, sim.

– O que faz aqui?

O sorriso ambíguo do garoto tornou-se ainda mais intenso. Sol também não esperava por uma pergunta daquela. Foi preciso uma breve reflexão para responder com precisão:

— Soube que daqui eu poderia ver o eclipse muito melhor.

— Por que está escondido aí atrás desses arbustos?

Foi Pitágoras quem perguntou, num tom desconfiado.

Sol encarou o pequeno detetive com seus lindos olhos azuis, confusos e amedrontados e tentou se explicar:

— Ora porque... Porque...

Sua boca tornou a se abrir, mas não conseguiu emitir som algum. Seu coração batia agora tão apressado que ele se sentiu tonto.

Pitágoras continuava olhando reto e direto para o menino, com o olhar cada vez mais desconfiado. Sol demorou tanto para responder que todos ali pensaram que ele iria desistir. Por fim, emitiu um longo suspiro e falou lentamente, escolhendo com cuidado cada palavra:

— Fiquei escondido aqui atrás desses arbustos porque estava com vergonha. É isso, estava com vergonha de vocês. Temi que não gostassem da minha presença.

Diante do embaraço do menino, Mel cordialmente falou:

— Venha observar o eclipse conosco, Sol.

Sol enrubesceu novamente, parecendo pouco à vontade e Mel insistiu, com delicadeza, até que ele acabou aceitando o convite. Assim que se pôs de pé, Mel o apresentou à turma:

— Estes são meus amigos Bruno, Amanda e Pitágoras. E esse é Sebastião, meu cãozinho de estimação.

— Olá, pessoal! Olá, Sebastião! — saudou Sol.

Sebastião rosnou para ele desconfiado.

— Não dê bola para o Sebastião. Ele é assim mesmo, rosna para todos quando ainda lhe são estranhos. Depois, tudo muda, torna-se um fiel amigo.

Assim que Sol começou a andar, Bruno deu um cutucão em Pitágoras que fê-lo se assustar. Em seguida, cochichou em seu ouvido:

— Olhe só o jeito de andar desse garoto.

Ao andar, Sol não encostava os calcanhares no chão. Andava como se flutuasse. Parecia ligeiramente bambo, como se a qualquer instante fosse se desequilibrar e cair. Os meninos franziram a testa, encasquetados.

Ao perceber que estava andando descompassadamente, Sol respirou fundo, endireitou o corpo e procurou dar passos mais concentrados.

"Tenha paciência, não exija muito de você, afinal você jamais foi um ser humano antes! Jamais pisou na Terra também. Vá com calma...", lembrou-se.

Em seguida, a turma voltou a admirar o eclipse por meio da luneta. Pitágoras, no entanto, manteve-se inquieto, pensativo, encasquetado com o clarão que havia visto e até então não encontrara uma explicação para ele. Havia certamente algo de anormal em tudo aquilo.

– Pessoal, e quanto ao clarão que eu e Sebastião vimos? – indagou ele quando não mais conseguiu se calar.

– O clarão não deve ter passado de uma ilusão provocada por sua imaginação fértil e amalucada – sugeriu Bruno com desdém.

– O clarão que você diz ter visto, pode ter sido nada mais nada menos que uma estrela cadente, caindo no horizonte – opinou Amanda.

– Não foi, não! Eu vi e o Sebastião também viu! – afirmou Pitágoras, batendo o pé.

Voltando-se para o Sol, Pitágoras perguntou:

– Talvez você tenha visto o clarão, Sol, afinal, você estava bem ali onde ele se deu!

– Clarão? Eu não vi clarão algum! – mentiu Sol, negando com a cabeça. Sabia que era feio mentir, mas temeu que se contasse o verdadeiro motivo que provocou o clarão, assustaria os amigos que acabara de fazer, rompendo assim, os laços de amizade que estava construindo e lhe dando tanto prazer.

Pitágoras franziu as sobrancelhas. Não estava nada convencido da resposta do menino. Acreditava que Sol havia visto o clarão, sim, mas não queria falar por algum motivo particular. Talvez ele mesmo tivesse acendido uma fogueira ou qualquer coisa parecida e teve medo de contar a todos também por algum motivo particular.

Uma coisa era certa, ele, Pitágoras, estava decidido a descobrir o que provocara aquele misterioso clarão e nada o faria mudar de ideia.

Algum tempo depois, a fome fez com que todos fossem desfrutar das guloseimas que Dona Maria havia preparado para a ocasião.

Havia sobre a mesa batata doce, pé de moleque, paçoca, amendoim torrado e diversos tipos de frutas e pipoca à vontade. Sol ficou muito admirado com a variedade de alimentos e provar de tão deliciosas guloseimas, pelo menos um pedacinho de cada, seria também um grande momento para ficar guardado em sua memória para sempre.

De tudo ali, a pipoca foi o que Sol mais apreciou. Saboreou-a com tanto gosto que chamou a atenção de todos ali.

— Que delícia... — murmurou em meio a um suspiro.

Todos olhavam curiosos para ele.

— Até parece que você nunca comeu pipoca antes em sua vida — comentou Bruno, olhando de viés para o garoto.

Sol avermelhou-se como um pimentão, passou a língua nos lábios secos e procurou dizer alguma coisa o mais rápido possível para explicar seu voraz apetite por pipoca.

— É que eu nunca comi pipoca antes... Não há pipoca onde morávamos antes de nos mudarmos para cá — explicou um tanto sem graça.

Bruno deu um cutucão em Amanda e cochichou em seu ouvido:

— Esse garoto é realmente estranho. Onde já se viu um lugar que não tenha pipoca? Só se for em outro planeta...

Em meio a deliciosas e crocantes pipocas, Sol umedeceu a garganta com um gostoso suco de laranja. Depois foi a vez de experimentar as frutas que estavam numa travessa em cima da mesa, pelo menos um pedacinho delas. E foi assim que Sol provou pela primeira vez abacaxi, banana, goiaba, mamão papaia, maçã e uvas.

— Uta! Que delícia!

Jamais pensou que as frutas fossem tão gostosas e refrescantes. Além de serem, logicamente, nutritivas.

Diante do bolo, não hesitou, passou o dedo pela cobertura, apanhando um bocado de glacê e o lambeu como se lambesse um picolé.

Ao ligarem o rádio, a turma ouviu o locutor informar:

"Por um motivo que nem os astrônomos sabem explicar, o eclipse solar de hoje será mais longo que o previsto."

Visto que o eclipse demoraria mais do que o esperado, as crianças resolveram brincar. Mel sugeriu a todos uma das brincadeiras que considerava das mais divertidas e interessantes: aquele em que um dos participantes começa a contar uma história que surge em sua mente e, a certa altura, escolhe um outro participante para continuar a contá-la a partir do ponto onde parou e assim por diante até chegar ao último participante que deve encerrar a história conforme sua criatividade. Com isso a história toma rumos surpreendentes e provoca gostosas gargalhadas em todos.

Cada membro da patota pegou uma almofada e sentou-se sobre ela no chão da sala de TV onde levaram a brincadeira adiante. Todos se divertiram muito, exceto Pitágoras.

O menino continuava encasquetado, querendo desesperadamente encontrar uma explicação para o curioso e misterioso clarão que viu.

Continuava também olhando de modo desconfiado para Sol tal e qual fazia Sebastião que volta e meia rosnava para o menino.

– Sebastião ainda não se acostumou com você, Sol! – disse Mel, diante do comportamento estranho do pequeno bulldog. – Mas isso logo passa, não se preocupe...

O garoto Sol enrubesceu ligeiramente. Ao contrário do seu cão, ela, Mel, estava feliz com a presença do menino em sua casa. Simpatizara-se com ele desde o primeiro momento em que o viu. Sentia algo especial por ele, como se o conhecesse de longa data. Como se fossem, na verdade, velhos amigos.

7
Surpresas

Pitágoras havia ido à cozinha levar a jarra de suco com Sebastião à sua cola quando avistou uma lanterna no alto de um armário. Voltou-se para o pequeno bulldog e disse num cochicho:

— Com uma lanterna, meu caro Sebastião, eu posso voltar ao local onde ocorreu o clarão e ver se encontro alguma pista!

Sebastião rosnou para ele como se dissesse: "boa ideia!"

O menino pegou um banco, arrastou-o até o pé do armário, subiu nele e assim conseguiu alcançar a lanterna. Em seguida saiu de fininho da casa, pela porta dos fundos para que ninguém percebesse. Sebastião seguiu o amigo com discrição até o local onde ambos haviam visto o misterioso clarão.

Minutos depois, Bruno deu pela falta de Pitágoras e perguntou:

— Cadê o nosso pequeno detetive?

— Acho que está na cozinha — respondeu Amanda.

— E o Sebastião?

— Deve estar com ele — adiantou-se Mel.

As crianças encontravam-se agora assistindo a um desenho animado divertidíssimo na televisão. Sol estava mais uma vez maravilhado por poder ver de pertinho um desenho animado e uma TV. Tudo que ele conseguira assistir com maior nitidez lá do espaço até então haviam sido os filmes e desenhos animados que passavam na tela dos cinemas ao ar livre. Nada mais...

Assim que entraram os comerciais, Sol virou-se para Mel que estava sentada ao seu lado e perguntou baixinho:

— Então você gosta de estudar os astros?

— Gosto, sim. Como sabe? — surpreendeu-se a menina.

— Eu notei o modo como você fala e admira tudo que há no sistema solar, no espaço em si.

– Gosto tanto que minha mãe me deu a luneta para eu poder fazer minhas pesquisas astronômicas. Quando eu crescer, serei astrônoma! É meu sonho!

As gargalhadas de Bruno e Amanda, provocadas pelas peripécias dos personagens do desenho animado fizeram Mel e Sol voltarem a atenção para a TV novamente.

– Alguém sabe como é que se faz um desenho animado? – perguntou Bruno.

– Eu sei! – adiantou-se Amanda. – É preciso fazer o mesmo desenho em posições diversas para fazê-lo se mexer.

– Que tal a gente desenhar um pouco?! – sugeriu Mel.

– Ótima ideia! – exclamaram todos.

Mel e Amanda pegaram papéis, canetinhas e lápis de cor para todos. Sol ficou mais uma vez entusiasmado, afinal aquela seria a primeira vez em que ele iria desenhar em toda a sua vida.

Todos estavam distraídos, desenhando, quando Pitágoras entrou apressado na sala com o rosto em brasa, esbaforido, parecendo até que o coração ia saltar pela boca. Sebastião seguia seus passos.

– O que houve? – perguntou Mel.

– É a respeito do clarão – respondeu Pitágoras.

– Lá vem ele com a velha história! – desdenhou Bruno.

– Vocês precisam ver o que descobri. Sigam-me! – ordenou o pequeno detetive.

– Pitágoras só pode ter ficado biruta! – resmungou Amanda.

A criançada seguiu o pequeno detetive que, assim que saiu da casa, acendeu a lanterna para iluminar o caminho, uma vez que lá fora estava escuro devido ao eclipse. Ao ver a lanterna em sua mão, Mel perguntou:

– Você pegou a lanterna da minha mãe?

– Desculpe por não ter lhe pedido, Mel – desculpou-se Pitágoras –, mas eu precisava dela para iluminar o local e encontrar pistas.

Chegando ao lugar onde Pitágoras dizia ter visto o tal misterioso clarão e onde haviam encontrado Sol, o menino explicou:

– Não sei se estão preparados para ver o que descobri, mas... – anunciou o pequeno detetive em tom teatral.

– Diga logo, Sr. Detetive! – falou Amanda com certa impaciência.

Pitágoras iluminou o chão com a lanterna e disse:

– Observem o solo.

Todos olharam para lá com atenção.

– O que há nele? – indagou Amanda, espremendo os olhos para enxergar melhor.

– Vocês não veem? – respondeu Pitágoras perplexo.

– Vejo apenas terra – continuou Amanda.

– Observem melhor! – insistiu Pitágoras.

– Continuo não vendo nada, além de terra – tornou Amanda, recomeçando a roer as unhas.

– Esperem, Pitágoras tem razão! – exclamou Bruno, elevando a voz. – Há algo realmente para se ver no solo. Vejam! Formiguinhas andando...

Todos caíram na risada, exceto Pitágoras, logicamente.

– Não é delas que eu estou falando – berrou o menino, irritado. – Refiro-me às pegadas!

– Pegadas? – estranhou Bruno, arregalando os olhos para ver melhor.

– Não veem? – insistiu o pequeno detetive em tom triunfante. – Só há pegadas do Sol daqui até a casa de Mel. Cadê as pegadas que o Sol deixou no chão ao vir da porteira da entrada da chácara para cá?

– É mesmo! – admirou-se Amanda. – Não há pegada alguma!

– E sabem por que não há pegadas? – desabafou Pitágoras, impondo a voz como um detetive na hora de desvendar um mistério.

– Por quê? – indagaram todos, achando graça do jeito do menino.

– Ah-ha! – esbravejou Pitágoras. – Não sou eu quem deve explicar o paradeiro das pegadas e sim aquele que não as deixou no chão: Sol!

A cor sumiu ligeiramente do rosto do Sol. O garoto pareceu momentaneamente sem ação.

– Explique para nós por que só existem essas pegadas. Cadê as outras? – inquiriu Pitágoras, olhando fundo nos olhos do menino.

Sol enrubesceu encabulado. Não sabia o que dizer, ficou tão

embaraçado que deixou Mel, sentindo pena dele.

A voz de Pitágoras tornou a soar como um ribombo de um trovão:

– Tenho a certeza absoluta de que Sol provocou o clarão que eu e Sebastião vimos!

– Foi você? – perguntou Mel, voltando-se para o garoto Sol.

– Foi você? – inquiriu Amanda, surpresa.

– Fui eu? Eu? Fui eu? – atropelou-se Sol com as palavras.

Pitágoras suspirou radiante e afirmou:

– Eu acho que o Sol não é daqui da Terra! O clarão que eu e o Sebastião vimos foi na verdade o clarão que se deu quando ele caiu na Terra e é por isso que só existem pegadas apenas daqui para a casa de Mel.

– Caiu do céu?! – perguntaram todos, em uníssono.

– Sim! – afirmou Pitágoras.

Todos gargalharam. Exceto Sol. Bruno quase fez xixi na calça de tanto rir.

– Caiu do céu, essa é boa, Pitágoras – desdenhou Bruno. – Dessa vez você viajou mesmo na maionese, meu chapa!

Gargalhando, Bruno arrematou:

– Foi de paraquedas que Sol caiu do céu, foi?

O olhar contrafeito de Pitágoras acentuou-se.

– Não! – berrou. – É lógico que não foi de paraquedas! Caiu como uma estrela cadente.

A turma entreolhou-se tomada de espanto pela imaginação do pequeno detetive. Pitágoras prosseguiu em tom triunfante:

– Lembrem-se de que Sol disse que nunca havia comido pipoca. Onde já se viu em toda a Terra alguém que nunca comeu pipoca pelo menos uma vez na vida? Só se a pessoa for de outro planeta!

Pitágoras olhou desafiadoramente para Sol e num tom ainda mais desafiador disse:

– O Sol é um ET!

As sobrancelhas de Amanda arquearam-se de espanto.

– Um ET!?

Todos deram um passo para trás, assustados, olhando agora temerosamente para Sol.

– Um ET... – murmurou Sol, assombrado.

— Você é um ET? — indagou Bruno, olhando para o garoto de viés.

— Um ET... — repetiu Sol, sem compreender.

— Um extraterrestre, um ser de outro planeta! — explicou Bruno no cume da sua paciência.

— Oh, não, eu não sou de outro planeta! — argumentou Sol, sentindo a pressão, aumentando sobre o seu coração.

— Se você não é de outro planeta, de onde você é então? — atalhou Bruno, verde de curiosidade.

— Eu sei! — admitiu Pitágoras.

— Você sabe?! Então, diga-nos quem ou o que é ele! — suplicou Amanda.

— Ele só pode ser o próprio Sol — explicou o pequeno detetive.

— É claro que ele é o Sol, seu bocó — atalhou Bruno. — Todos sabem que ele é o Sol. Ele mesmo nos disse.

— Bocó é você — vociferou Pitágoras. — Eu não estou me referindo ao nome dele, eu estou dizendo que ele é o próprio Sol, o Astro-Rei, o centro do sistema solar, transformado em gente! Em uma criança como nós.

Todos gargalharam. Exceto Mel que observava tudo atentamente.

— Agora, foi demais!— sibilou Bruno — Imagine só o Sol ser um garoto. Nem nos contos da carochinha! Além do mais o Sol está lá no céu, no seu devido lugar — acrescentou Bruno, voltando os olhos na direção das estrelas.

Pitágoras o interrompeu:

— Como pode saber que o Sol ainda está lá? A Lua está na frente dele! Ele pode muito bem ter se ausentado do seu posto no céu sem que percebamos.

O comentário deixou todos cabreiros.

— A meu ver — prosseguiu Pitágoras —, o Sol aproveitou o eclipse para se ausentar do espaço, transformou-se numa criança, fazendo uso de algum feitiço ou fórmula mágica para poder descer à Terra e conhecê-la de pertinho!

Sol olhou surpreso para Pitágoras, maravilhado por sua tamanha perspicácia.

— Quanta imaginação! — murmurou Bruno.

— Se ele não for o Sol... — continuou Pitágoras categórico —, é com certeza um ET... Ou, quem sabe, um fantasma membro daquela família esquisita que mora naquela casa assombrada perto daqui!

— Não é nada disso, pessoal — interrompeu Mel. E voltando-se para o garoto de cabelos dourados e olhos azuis, pediu-lhe amigavelmente: — Desculpe-nos por toda essa confusão, Sol! Você com certeza pode explicar por que estão faltando as pegadas, não pode?

Os olhos de Sol não se alteraram. Seu olhar continuava grave e triste. Olhando para todos, visivelmente sem graça, respirou fundo, tomando coragem para falar o que acreditava que deveria ser dito e disse:

— Gostei muito de vocês, detesto mentiras, por isso vou lhes dizer a verdade. Nada mais do que a verdade.

Havia uma intensidade nervosa agora na voz do menino, um tremor que denunciava intensa emoção.

As crianças olharam ansiosas para Sol que prosseguiu:

— É a mais pura verdade o que o Pitágoras lhes contou. Eu sou mesmo o Sol transformado num menino para poder conhecer de perto a vida na Terra.

Bruno gargalhou por pensar que Sol estava brincando com eles. Pitágoras e Mel, Amanda e Sebastião permaneceram sérios, olhando para Sol com profunda atenção.

Diante da descrença dos amigos, Sol insistiu:

— É verdade, eu sou realmente o Sol transformado num menino!

— Eu disse! — exclamou Pitágoras radiante.

— Ah, conta outra, meu chapa! — repreendeu Bruno.

Mel ia dizer alguma coisa, mas nem bem seus lábios se moveram, Amanda a interrompeu sem querer:

— Gente! O Sol pode não ser o Astro-Rei, mas um ET, isso ele pode? Um ET transformado num menino, com planos para conquistar a Terra. É melhor fugirmos dele o quanto antes. Fujam todos!

8
Corram todos!

A patota correu para dentro da casa de Mel e se trancaram ali. Mel só seguiu com eles, porque Amanda a puxou pelo braço. Bruno, ajudado por Pitágoras, empurrou a estante da sala contra a porta da frente da casa e depois um móvel da cozinha contra a porta dos fundos.

A seguir a meninada armou-se com vassouras, rodos e rolos de macarrão para se defenderem, caso o suposto ET conseguisse entrar na casa.

Apenas Mel não pegou nada para se defender, mantinha-se quieta e pensativa, sem saber ao certo o que fazer.

Todos ficaram em silêncio absoluto nos momentos que se seguiram. Até Sebastião respeitou o silêncio, não deu um rosnado sequer. Tudo o que se ouvia era a respiração ofegante de todos dentro da sala. Nada mais... Foi então que Mel rompeu o silêncio dizendo:

– Amigos, eu estava pensando que...

– Psiu! – repreenderam seus amigos. – Fale baixo! O ET pode ouvir!

– E se ele não for um ET? – sugeriu Mel.

– É lógico que ele é um ET, Mel! – afirmou Bruno categórico. – As evidências são muito fortes.

– Tá, tudo bem... – concordou Mel. – Mas e se ele for um ET bonzinho?

– Bonzinho?! Você pirou na paçoquinha? – irritou-se Bruno com a amiga. – Você nunca assistiu aos filmes sobre ETs? Eles mostram que os ETs são terríveis! Transformam-se sempre em seres humanos para se infiltrarem em nossas cidades, nossa sociedade com o propósito maligno de dominar a Terra.

– É isso mesmo, Mel – reforçou Amanda.

– São apenas filmes – replicou Mel.

– Como saber se na vida real não acontece o mesmo?! – retrucou Bruno, persuasivo.

– Talvez o Sol seja um bom menino, um bom ET, sei lá o quê... – insistiu Mel.

– É melhor não arriscarmos – insistiu Bruno, precavido.

– E-eu estou com medo – gaguejou Amanda, roendo as unhas.

– O que fazemos agora? – quis saber Pitágoras.

– Precisamos ligar para a polícia – sugeriu Bruno.

– Nosso telefone está quebrado só será consertado na segunda-feira – explicou Mel.

– Aposto que foram os ETs que quebraram o telefone para que não pudéssemos pedir ajuda quando aqui pousassem – opinou Bruno.

– É possível... – concordou Amanda quase petrificada de medo. – E se fugirmos daqui pelos fundos da casa?

– Impossível! – afirmou Bruno. – Os ETs nunca invadem um planeta sozinhos. Muitos outros devem estar perambulando pelos arredores da chácara! Devem, a essas alturas, já terem cercado a casa toda.

– Oh, não! Estamos perdidos!– choramingou Amanda, apavorada.

– Calma, pessoal, minha intuição diz que Sol não é má pessoa! E minha intuição nunca falha! – objetou Mel.

– É lógico que não é má pessoa, porque não é uma pessoa, é um ET, esqueceu-se, Mel? – protestou Bruno.

Sebastião latiu concordando.

– Quieto, Sebastião! – implorou Amanda e o acolheu em seus braços.

Nisso ouviu-se um barulho do lado de fora da casa, a turma por pouco não berrou de susto e pavor. Pularam imediatamente para trás do sofá, querendo fazer dali um forte para se protegerem.

– E agora? – perguntou Amanda, trêmula.

– Eles vão invadir a casa! – alarmou-se Bruno.

Amanda por pouco não teve um treco e foi ao chão.

Nisso Mel levantou-se e saiu de trás do sofá.

– Podem parar! – disse com determinação. – Estou achando esta história absurda e não vou ficar aqui parada sem fazer nada! Vou dar uma espiada lá fora para ver o que se passa!

– Você perdeu o juizo, Mel?! Ficou maluca?! Os ETs possuem armas poderosas! Eu já vi nos filmes! – vociferou Bruno.

– Aquilo é tudo inventado! São meras suposições! Eu repito: o Sol pode ser um ET legal, se é que é um ET de fato! – afirmou a menina com convicção.

– Não vá, Mel! – implorou Amanda, apavorada.

Todos ergueram um pouquinho a cabeça por detrás do sofá só para ver o que a amiga iria fazer. Mel foi até a janela e abriu a cortina um pouquinho, o suficiente para poder ver o que se passava lá fora. Avistou Sol sentado embaixo de uma árvore e, pela expressão de seu rosto estava muito triste. Ela sentiu pena do menino. Um pesar crescente e esmagador.

– Turma, venham ver! – pediu ela.

– Eu não vou! – protestou Bruno com a voz trêmula.

– Bruno você é homem ou uma galinha?! – perguntou Mel enfurecida.

– Cócóricó! – grunhiu Bruno cinicamente.

– Por favor, venham vê-lo – insistiu Mel.

Pitágoras levantou-se e foi até lá.

– Muito bem, Pitágoras, você é corajoso – admirou-se Mel. – Como vê, o Sol está triste. Vamos lá falar com ele.

Para o espanto dos demais, os dois foram até a porta e arrastaram para o lado o móvel que havia sido posto ali. Destrancaram-na e saíram para a varanda.

Quando Sebastião percebeu que a porta estava aberta, saiu correndo em disparada, passando pelas duas crianças feito um busca-pé. Seguiu na direção do local onde Sol encontrava-se sentado, latindo ensandecido.

– Volte aqui, Sebastião, não o morda! – ordenou Mel.

Sol sorriu para Sebastião e estendeu a mão. O cãozinho a cheirou, deu uma lambida e parou de latir. Sol o pegou nos braços e o colocou em seu colo, achou muito gostoso poder abraçar um cãozinho fofinho como Sebastião. Era mais uma experiência que ele jamais iria esquecer.

Mel caminhou até Sol com um sorriso angelical.

– Eu não acredito que você seja um ET! – disse ela com calma. – Mas, mesmo que seja um, não acredito que seja mau!

Sol encarou a menina com seus lindos olhos azuis, que estavam confusos e amedrontados, deu-lhe um sorriso triste e compreensivo, levantou e disse:

– Obrigado, Mel, por sua confiança. Pensei que ficaria aqui sozinho para sempre!

– Meus amigos estão com medo de você. Mas eles não deixam de ter razão, afinal, você parece diferente de nós. Por favor, Sol, diga, quem é você de verdade? – pediu Mel com carinho.

O calor humano nas palavras de Mel fizeram Sol perder o medo de ser rejeitado pela verdade.

– Quem sou eu? – respondeu ele, inclinando a cabeça com brandura. – Bem, eu sou realmente o Sol como Pitágoras lhes falou.

– O Sol? Mas como isso é possível? O Sol está no céu! – retrucou Mel.

– Onde? – perguntou Sol, voltando seus olhos azuis para a imensidão do universo.

Mel fez uma careta e explicou:

– Não podemos vê-lo agora porque a Lua está na frente dele, num eclipse.

– Eu sei! E, graças ao fenômeno do eclipse, foi possível a minha vinda à Terra. Se eu simplesmente desaparecesse do sistema solar, os seres humanos ficariam preocupados! Por isso que pedi à Lua para criar um eclipse para me ajudar a descer até aqui! Foi o único modo de eu poder realizar meu sonho!

O comentário atiçou a curiosidade de Mel:

– Sonho? Que sonho?

– O meu sonho de conhecer a Terra pessoalmente! Lá de cima eu posso ver quase tudo o que acontece por aqui. Vejo muita coisa interessante: homens construindo suas cidades, gravando seus filmes, tomando banho de sol, andando de Jet ski, voando de balão, surfando, entre outras atividades bacanas. Só que não posso participar de tudo isso. Nem comer pipoca, nem todas as frutas maravilhosas que nascem no solo dessa Terra maravilhosa. Só descendo aqui como um ser humano é que eu poderia provar tudo isso.

Bem como assistir televisão, curtir um desenho animado como vi há pouco, desenhar e pintar... compreende?

Mel assentiu com a cabeça e Sol prosseguiu:

— Queria muito conversar com um ser humano de pertinho, como estou fazendo agora, pisar na terra descalço, experimentar ao menos por um pouquinho a vida sobre este lindo planeta azul e verdejante. Apesar das coisas tristes que vejo acontecer por aqui tais como a guerra, o desrespeito à ecologia, a caça aos animais e tantos outros problemas que causam tanto sofrimento, ainda assim acredito que a vida sobre a Terra vale a pena e que o ser humano vai parar com esse comportamento negativo, ao perceber que, cedo ou tarde, ele também recebe os efeitos negativos por agir assim.

Mel e Pitágoras ouviam com profunda atenção.

— E por que veio como criança?

— Porque achei que como criança me divertiria muito mais. As crianças sempre me parecem se divertir mais do que os demais... além do que é a primeira fase da vida. Se um dia voltar aqui, virei como um adolescente, depois como um adulto de vinte anos e assim por diante. Assim conheço todas as fases da vida que são também o grande barato de viver.

Sol tomou ar, voltou o olhar para Mel e acrescentou com sinceridade:

— Este está sendo um dos momentos mais inesquecíveis de minha vida nestes milênios de minha existência.

— Para nós também! — afirmou Mel, abraçando o novo amigo.

Enquanto isso dentro da casa, Bruno e Amanda estavam se corroendo de curiosidade para saber o que estava acontecendo lá fora. Faziam o possível para ouvir a conversa que se desenrolava entre Mel e Sol, mas era impossível. Sucumbidos pela curiosidade, os dois seguiram na pontinha dos pés até a varanda e de lá ficaram observando Mel, Pitágoras, Sol e Sebastião em prosa.

— Por que eles não falam mais alto? — comentou Amanda.

— Psiu! — pediu Bruno.

Voltando-se para Sol, Pitágoras perguntou:

— Por quanto tempo permanecerá na Terra, Sol?

— Somente por mais dez horas! E preciso estar exatamente aqui, neste mesmo local, quando as doze horas se completarem para eu poder retornar ao meu local no sistema solar!

— E se não estiver?

— Se eu não estiver, os terráqueos não só descobrirão que eu me ausentei do céu, porque a Lua sairá da posição onde se encontra e ficarei preso aqui na Terra e vocês viverão sem Sol.

— Cruzes! — alarmou-se Pitágoras. — Será um desastre se isso acontecer! Todos pensarão que é o fim do mundo!

— Será realmente, pois sem Sol o planeta morre! — explicou ele.

— Fique tranquilo, Sol, tudo vai dar certo! — afirmou Mel confiante em suas palavras.

Pitágoras voltou-se na direção da casa e gritou:

— Ei, pessoal! Venham! Não tenham medo! Está tudo bem!

Amanda mostrou-se indecisa e Bruno rompeu o receio, pois estava mais curioso para saber o que se passava lá fora do que temeroso. Sua coragem estimulou Amanda a acompanhá-lo, mesmo assim ambos seguiram para lá, levando algo na mão para se defenderem caso fosse necessário. Amanda segurava uma vassoura e Bruno um rolo de amassar pão.

Assim que os dois se juntaram aos demais, Mel relatou a eles toda a história que Sol havia lhes contado.

— Como vamos saber se o que o Sol disse é verdade? — perguntou Bruno acometido de profunda dúvida.

— É isso mesmo! Como iremos saber? — desafiou Amanda ressabiada.

— Talvez eu possa ajudar! — prontificou-se Sol. — Lembram-se do clarão que Pitágoras viu? Vou mostrar-lhes como tudo aconteceu!

— E se for uma armadilha? — cochichou Bruno no ouvido de Pitágoras.

— É muito tarde para corrermos, veja! — respondeu Pitágoras, apontando para Sol.

Sol fechou os olhos como se fosse meditar e seu corpo foi se iluminando como uma lâmpada que vai se acendendo lentamente, em câmera lenta. Logo o menino parecia uma lâmpada de uns 2000 watts. Todos ficaram perplexos e convencidos de uma vez por todas de que o Sol era de fato o Sol transformado em criança.

– Que maravilha! – exclamou Bruno, emocionado. – O Sol é mesmo o Sol, o Sol que eu tanto quis conhecer de pertinho! Quando meu pai disse que isso era impossível fiquei muito triste, mas agora estou contente não só porque realizei meu sonho, mas também por ter descoberto que nem tudo que se diz ser impossível é realmente impossível!

Todos sorriram, envoltos pela mágica sensação de bem-estar e paz interior que aquele encontro com o garoto Sol estava lhes propiciando.

9
Um amigo muito diferente

Amanda voltou-se para Sol e disse:

– A luz que emana de você é tal como os raios do Sol que bronzeiam e douram a nossa pele. Estou até sentindo o calorzinho gostoso que eles provocam na minha pele quando tomo banho de sol. Quem diria que um dia eu estaria tomando banho de sol em pleno eclipse!

Quando Sol voltou ao seu normal, a patota aplaudiu o menino, emocionados. Sebastião também o aplaudiu, a seu modo, latindo, logicamente.

– O nosso amigo Sol quer conhecer alguns cantos e encantos da Terra. Quer experimentar algumas coisas que fazem a vida por aqui valer a pena, ser um grande barato. E nós vamos ajudá-lo! – anunciou Mel.

– Muito bem, amigão! – exclamou Bruno, batendo com carinho no ombro do garoto Sol. – O que quer conhecer em primeiro lugar?

– Bem, uma das coisas que eu mais gostaria de conhecer é o mar, para poder sentir as ondas lamberem as minhas pernas, nadar, surfar, mergulhar... Para poder ver o mundo submarino que para mim fica impossível de ser visto lá do céu por ficar debaixo d'água – respondeu Sol empolgado.

Amanda fez então uma pergunta bastante pertinente:

– Mas se o Sol entrar na água, a água não evapora? Ou, então, o Sol não se apaga?

– Não! – explicou Sol. – Transformado em ser humano, estou isento desse problema.

– Bem... a praia mais próxima daqui fica na cidade de Girassóis, a cerca de três quilômetros daqui...

– Não precisamos ir tão longe! – atalhou Pitágoras. – Podemos levar o Sol para ver a prainha que fica no meio do morro, pertinho daqui. Descobri quando andava por aí, fazendo as minhas investigações.

– Há mesmo uma prainha no meio do morro?! – espantou-se Bruno.

– Há sim, e o que é mais interessante é que ela é iluminada como se houvesse um enorme lâmpada ligada dentro dela!

– Iluminada? – espantaram-se todos.

– Sim! Iluminadíssima por sinal! O que será formidável para que o Sol possa ver com clareza o que se passa embaixo da água.

Bruno tentou conter o riso, mas não conseguiu. Ele escapou por suas narinas, fazendo um ronco engraçado como se fosse de um porco.

– Onde já se viu uma praia iluminada? – caçoava ele, rindo sem parar.

– Se digo que a praia é iluminada é porque é, você verá! – desafiou Pitágoras, encarando o menino seriamente.

Mel tomou a palavra:

– Se nosso pequeno detetive descobriu que Sol era o Sol, pode perfeitamente ter descoberto uma prainha que fica iluminada à noite. Está decidido, vamos até a tal prainha iluminada.

– Mas por que essa prainha é iluminada? – quis saber Amanda curiosa.

– É um mistério que eu ainda não consegui desvendar – explicou Pitágoras.

– Cruzes, que medo! – arrepiou-se a menina.

– Visitando o lugar, talvez nós possamos descobrir por que a prainha fica iluminada quando cai a noite – sugeriu Sol com entusiasmo.

– Você tem toda razão, Sol – empolgou-se Pitágoras. – E algo me diz que vamos descobrir!

10
Uma vísita

Antes de as crianças partirem rumo à prainha misteriosa, Mel foi até seu quarto e pegou trajes de banho e óculos de mergulho para os amigos. Aproveitou e deixou um bilhete para a mãe, informando para onde haviam ido, para que, caso ela voltasse e não os encontrasse em casa, não ficasse preocupada.

– Só quero deixar claro que eu não vou entrar naquela água fria! – avisou Amanda.

– Eu também não! – informou Bruno.

– Não se preocupem, eu posso esquentar a água para vocês! – comunicou Sol.

As duas crianças pareceram gostar da sugestão.

– Ainda é difícil crer que exista uma prainha que fique iluminada à noite! – desdenhou Bruno. – Ainda acho que tudo isso não passa de uma fantasia criada pela mente fértil de Pitágoras!

– Espere e verá! – desafiou Pitágoras, soltando um suspiro de irritação.

– Sou capaz de engolir minhas palavras se essa prainha existir realmente! – acrescentou Bruno em tom desafiador.

– Então já pode ir engolindo-as, meu caro! – ordenou Pitágoras, irônico. – Engolindo-as sem mostarda e nem ketchup.

Bruno soltou um risinho maroto e disse:

– Onde já se viu uma prainha que fica iluminada à noite?! Já sei! Na Terra do Nunca!

O menino gargalhou e Pitágoras seriamente perguntou:

— Por acaso, você já havia visto alguma vez na vida o Sol transformado em um menino? Não, não é mesmo? Então, cale-se!

O garoto maroto calou-se.

Assim que o grupo atravessou as cercas que demarcavam a chácara onde Mel vivia, seguiu por um caminho forrado de mato cerrado e belas árvores, muitas delas, frutíferas.

Pitágoras e Bruno iam à frente, conduzindo a turma; todos falavam ao mesmo tempo; riam alto, contentes com a aventura.

Depois de atravessarem um riachinho pela pequena ponte de madeira que o dono da chácara vizinha havia construído, a galera chegou a um local repleto de árvores entrelaçadas por plantas de várias espécies e flores de diversas cores.

— Como a natureza da Terra de pertinho é ainda mais bonita — comentou Sol, respirando fundo para sentir o perfume das flores, da vegetação e do mato.

Mel colheu uma margarida e presenteou o amigo.

Sol pegou a flor e agradeceu à menina deveras emocionado, pois nunca havia ganhado um presente de alguém.

Mel explicou para o amigo que dar uma flor a alguém é sinal de que se gosta muito dessa pessoa, uma demonstração de afeto, de profundo carinho e apreço por ela.

Sol parou também para colher uma flor, retribuir o gesto tão prestimoso de Mel. Quando ia colhê-la, um beija-flor que estava dando beijocas nas margaridas, levantou voo, assustando o menino.

— Opa! O que foi isso?! — espantou-se Sol.

— Um passarinho! — explicou Mel, achando graça do amigo.

Sol também riu de si mesmo. Nisso o beija-flor aproximou-se dele e ficou parado bem diante do seu nariz, observando atentamente o menino.

— De perto eles são bem mais bonitinhos do que de longe — observou Sol, olhando com admiração para o beija-flor.

— Ele gostou de você, Sol — comentou Mel, olhando com curiosidade para o pássaro beijoqueiro.

— Ei, meu rapaz — disse Sol com bom humor. — Não sou flor, não!

O beija-flor pareceu compreender a mensagem, pois no mesmo instante voou de volta para as margaridas.

Nisso uma linda borboleta passou, voando por entre eles, fazendo, como de costume, um bailado pelo ar. Ela era tão bonita quanto o beija-flor, observou Sol. Em suas asas havia desenhos num tom de azul ultramar bem vivo e alguns detalhes em rosa púrpura, verde bandeira e laranja fosforescente. Uma verdadeira obra de arte só que feita pelas mãos da natureza.

– Espécies de vida pequeninas como as borboletas são mais difíceis de serem vistas lá do céu – explicou Sol.

– Você deveria comprar uma lupa – sugeriu Bruno.

– Já pensaram no Sol, usando uma lupa gigante? – comentou Pitágoras, imaginando a cena.

Todos riram. Sebastião latiu como se risse também.

De repente, Sol viu algo, saltando entre os galhos da árvore que havia nas proximidades.

– O que... O que era aquilo? – assustou-se ele.

– É um mico – respondeu Bruno, divertindo-se da cara assustada do amigo.

– Um mico... Que bonitinho! Como eles são ligeiros!

– Parecem malabaristas! – observou Pitágoras.

Sol aproximou-se da árvore só para poder ver o bichinho mais de perto. O mico encontrava-se agora parado, olhando com curiosidade na sua direção. Assim que Sol lhe perguntou "Como vai?", o macaquinho soltou um grunhido ardido, assustador e engraçado ao mesmo tempo.

Sol tomou coragem para passar o seu dedo indicador levemente sobre a cabecinha. O mico permitiu e pareceu gostar do cafuné que recebeu do garoto.

– Os animais se acalmam quando estão perto de você, Sol – observou Mel contemplando, maravilhada, a cena.

– É possível ter um mico como animal de estimação?

– Até é. Mas eles não se adaptam ao nosso meio como os cães e gatos – explicou Mel.

A turma seguiu caminho, ziguezagueando por entre as árvores, cipós, arbustos e plantas. Os olhos de Sol acompanhavam o facho da lanterna de Pitágoras com grande interesse. Devido ao eclipse, alguns lugares tornaram-se escuros e sombrios, tão assustadores que as crianças se deram as mãos.

Dariam até mesmo os pés se fosse possível, tamanho o medo que sentiam do lugar naquela escuridão.

Minutos depois ouvia-se o murmúrio de uma cascata que descia pela montanha e findava num riacho cercado de pedras e flores. Um largo sorriso iluminou o rosto de Sol, ao ver o lugar.

Bruno gesticulou para Pitágoras que dirigisse o facho da lanterna na direção da cascata.

– A água do riacho é doce – explicou Mel. – Com ela podemos matar nossa sede. Diferente da água do mar, que é salgada e quanto mais se bebe, mais sede se sente.

– Interessante – comentou Sol, surpreso com o fato.

– Se quiser tomar um pouco d'água, aproveite – sugeriu Mel.

Sol ajoelhou-se sobre uma das pedras que cercavam o laguinho e com muito tato estendeu o dedo indicador na direção da água até tocar a superfície com grande cautela. O toque entre a ponta do dedo e água provocou-lhe um prazeroso arrepio do qual achou graça.

Ele juntou as mãos em forma de concha, como Mel lhe ensinava, para enchê-las d'água e poder beber aquela água fresquinha. A cada gota que corria por sua garganta Sol sentia um arrepio gostoso e refrescante.

No minuto seguinte, Sol ficou parado, feito estátua, admirando a cascata e o riacho com grande interesse. Foi então que Bruno deu um cutucão no braço de Mel e perguntou, baixinho:

– Quanto tempo o Sol vai ficar parado, admirando a cascata e o riacho?

– O tempo que ele quiser – respondeu Mel no seu tom mais doce. – Lembre-se de que ele nunca viu um lugar assim tão de pertinho antes! Por isso é que está tão fascinado.

Meio minuto depois, Amanda voltou-se para Sol e disse:

– Dizem, Sol, que nos lagos vivem as sereias.

– Sereias?!

– As sereias são mulheres que, ao invés de terem pernas como nós, têm corpo de peixe. Gostaria muito de ver uma.

– Sereia?! – desdenhou Bruno. – Sereias não existem, não passam de lenda.

O comentário deixou Amanda enfurecida.

— Se eu contar que o Sol se transformou em criança — defendeu-se ela, seriamente —, as pessoas também vão rir da minha cara, pensando que essa história não passa de uma lenda e, no entanto, nós sabemos que não é lenda coisa alguma e, sim, a mais pura verdade... Afinal, estamos aqui bem diante do Sol.

Bruno mordeu o beiço. Amanda tinha razão. Toda razão.

— O que é isso? — perguntou Sol a seguir, aproximando-se de uma árvore.

— É um cipó — respondeu Mel.

— Cipó!? — admirou-se Sol. — Parece-me mais uma corda.

— Muita gente usa o cipó como corda. O Tarzan principalmente.

— Tarzan?!

— Sim. Tarzan, o Rei da Selva.

— A gente bem que podia balançar nos cipós como faz o Tarzan, o que acham? — sugeriu Bruno.

— Legal!!! — empolgou-se Sol.

Bruno procurou pelo cipó mais longo e testou-o, dando-lhe um puxão bem forte para saber se poderia aguentar o peso da turma. Ao certificar-se de que o cipó era resistente, segurou-se bem firme nele e num impulso flutuou, tal como se vê Tarzan, fazendo nos seus filmes. Bruno ficou tão empolgado que aproveitou para imitar o grito de guerra do Rei da Selva: Aaaaa Aaaaa Aaaaaa!!!!

Depois dele foi a vez de Amanda, depois Mel e a seguir Pitágoras. Sol foi o último a se balançar no cipó e adorou a experiência. Ele nunca havia visto Tarzan, mas sentiu-se como um.

Quando a brincadeira teve fim, a patota retomou o caminho que levava à prainha iluminada. O solo que fora aquecido pelo sol da manhã ainda irradiava calor e havia no ar um cheiro inconfundível de pinho. Algo que Sol apreciou imensamente.

Seguiu-se então um silêncio profundo, interrompido apenas pelo ruído das pedras deslocadas pelos tênis e sapatos da meninada.

Sol estava cada vez mais ansioso para chegar à prainha, para poder sentir as ondas tocarem suas pernas, brincar com elas e, principalmente, nadar e mergulhar nas águas do mar.

Passos aqui, passos acolá a turma finalmente avistou um clarão, saindo por detrás das folhagens. Os olhos de todos se arregalaram de espanto!

– É logo ali – informou Pitágoras, estugando os passos.

Mais algumas passadas e, finalmente, a galera viu descortinar-se diante dos seus olhos a misteriosa prainha iluminada.

Pitágoras estava certo, era como se uma gigantesca lâmpada houvesse sido acesa dentro daquele pedacinho do mar, uma luz tão forte capaz de iluminar toda a pequena orla marítima. O que seria?

Todos ficaram imóveis como se houvessem sido congelados naquela posição, imobilizados pelo que viam, com os olhos saltando das órbitas, tamanho o espanto.

Até mesmo Sebastião pareceu ter virado estátua e aquietou-se, vendo a misteriosa prainha iluminada.

Ninguém ali, por mais que tentasse, conseguia compreender como uma praia podia ser iluminada daquela forma. De onde provinha aquela luz? Por que existia?

Era de fato um grande mistério.

11
A misteriosa luz vinda de dentro do mar...

Antes que sua boca chegasse ao chão por tamanho espanto, Bruno murmurou:

— Não é que a tal praia iluminada existe mesmo?

Pitágoras lançou um olhar de viés para o amigo. A seguir ouviu-se a voz de Amanda soar perplexa:

— Cruzes! De onde será que ela vem?

— Parece até que alguém acendeu uma fogueira dentro das águas — observou Bruno, boquiaberto.

— Ou uma lâmpada — sugeriu Amanda.

— Ou um holofote — sugeriu Pitágoras, estudando o local com profunda atenção.

— Só há um jeito de a gente descobrir o que ilumina a prainha — falou Mel decidida. — Precisamos mergulhar nela!

— Eu não entro nessa água de jeito nenhum! — agitou-se Amanda. — Ela pode estar tomada de peixes extraterrestres: marcianos, venuzianos, netunianos...

— Peixes extraterrestres?! — espantou-se Bruno, começando a tremer da cabeça aos pés.

— Já vi gente viajar na maionese, mas dessa vez, Amanda, você não só viajou na maionese como também no ketchup e na mostarda... Hein?! — caçoou Pitágoras.

Sol achou graça da expressão usada pelo pequeno detetive.

— É melhor deixarmos o medo de lado se quisermos realmente resolver esse mistério — tornou Mel decidida. — Além do mais, Sol quer muito realizar o seu sonho de nadar, mergulhar, brincar com as ondas do mar.

– Se você tiver receio, Mel, não tem problema, eu entro sozinho – observou Sol com sinceridade.

– Nada disso! – exclamou a menina. – Eu entro com você!

– Eu vou junto! – exclamou Pitágoras. – Estou curioso para saber o que faz esse trecho do mar ficar iluminado!

– Eu também vou! – exclamou Bruno, fingindo-se de forte e corajoso.

– Eu vou ficar esperando por vocês aqui em terra firme! – falou Amanda, trêmula.

– Se ficar aqui, meu bem, ficará sem ninguém! – alertou Pitágoras em tom sinistro. – Se precisar de ajuda, terá apenas o bom e valente Sebastião para protegê-la.

Nisso ouviu-se um barulho, vindo da mata que cercava a praia. Amanda agarrou-se a Mel e perguntou atônita:

– O que foi isso? O que foi isso?!

– Pelo som, pareceu ser uma coruja – explicou Pitágoras de prontidão.

A menina engoliu em seco e disse:

– Pensando bem, é melhor eu ir com vocês!

– É assim que se fala! – elogiou Pitágoras.

– Além do que não há o que temer, afinal a prainha está iluminada, poderemos enxergar tudo com clareza por onde nadarmos e mergulharmos – observou Sol empolgado.

Sol tinha razão e assim, sem mais delongas, a garotada vestiu seus trajes de banho atrás das árvores e todos entraram no mar. Devagarzinho, logicamente para se acostumarem com a temperatura da água.

O único que não entrou foi Sebastião, pois não era muito chegado à água. Ficou na prainha, tirando um cochilo para descansar do longo trajeto que havia percorrido entre a casa de Mel e a praia.

Quando Sol sentiu seus pés descalços tocarem a areia, uma gostosa onda de calor percorreu por todo o seu corpo.

Antes de entrar na água, Sol passeou os olhos pelo local com grande admiração. Mel o observava. A luz provinda do mar realçava o azul de seus olhos, deixando-os ainda mais brilhantes.

Assim que as primeiras ondas do mar tocaram seus pés, Sol sentiu um friozinho passageiro, acariciar seu estômago.

– Uiiiii!!! – sibilou em meio a uma careta. – É tão refrescante...

Suspirando, completou emocionado:

– Este é um dos momentos mais esperados por mim. Preciso ir com calma senão tenho um treco de tanta alegria.

A água, a tocar sua pele, lembrava os dedos de alguém disposto a lhe fazer coceguinhas. Por mais que tentasse conter o riso, o riso escapou por sua narinas fazendo um ronco engraçado como se fosse de um porco: inhoinc! Inhoinc!

Todos acharam graça do seu jeito sem jeito.

O que mais o surpreendia naquilo tudo, era ver que a água do mar, iluminada por aquela misteriosa luz, tornava-se ainda mais cristalina do que já era. Era possível enxergar com nitidez o fundo do mar e tudo mais que por ali passava. Peixinhos e peixões, camarõezinhos e camarões.

Quando a turma começou a mergulhar, Sol chamou por Mel e disse:

– Epa! Como é que se faz mesmo para mergulhar?

Bem lembrado, Sol havia se esquecido desse importante detalhe.

Mel tratou logo de lhe dar as devidas explicações e após algumas tentativas o garoto conseguiu finalmente mergulhar com grande desenvoltura.

Ao se ver em meio a peixes dourados e prateados, rosados e azulados, Sol se viu mais uma vez maravilhado por estar ali, vivendo mais aquela experiência de vida na Terra. Algo que muitos terráqueos se esquecem de dar valor.

Quando um cavalo marinho passou pelo garoto, ele tomou alguns segundos para observar. O mesmo fez em relação aos camarões e lagostas.

Quando uma enguia-elétrica achou por bem se aproximar de Sol, Mel puxou o amigo pelo braço para tirá-lo do alcance, evitando, assim, que ele tomasse um choque. Mel fez o mesmo quando avistou uma água-viva, vindo na direção do amigo.

– O que são aquelas plantas esverdeadas? – quis saber Sol assim que viu muitas algas marinhas.

– São algas marinhas – explicou Mel. – É delas que se produzem xampus para lavarmos o cabelo, entre outras coisas. Até mesmo vitamina para fortificar nossos corpos... Ah, outra coisa: você sabia que o japoneses as usam em sua alimentação?

– O mundo marinho é tão bonito e interessante quanto o mundo lá fora. Mergulhar nele, então, uma delícia! – confessou o menino de olhos da cor do mar e cabelos da cor do ouro.

A garotada continuou mergulhando em direção do local de onde provinha a luz que iluminava aquele trecho do mar. Quanto mais se aproximavam, mais a luz tornava-se forte.

Não levou mais do que algumas braçadas para a turma descobrir o que gerava toda aquela luz. A descoberta deixou todos perplexos, mal acreditando no que seus olhos viam. A luz não vinha de um holofote, tampouco de um canhão de luz, muito menos de um disco voador como chegaram a cogitar. Vinha de uma estrela no meio de inúmeras estrelas marinhas.

Uma estrela que brilhava, como brilham as estrelas do céu.

12
A prima distante

Todos permaneceram de olhos esbugalhados, chocados pelo que viam.

– Gente, a luz provém de uma estrela brilhante – exclamou Amanda perplexa.

A estrela brilhante sorria para todos, demonstrando grande alegria por se ver ali no meio das estrelas do mar, abraçando duas delas com grande carinho mas que não pareciam nada contentes por se verem ali entre seus braços. Exibiam enormes olheiras como se estivessem há muitos dias sem dormir.

Na verdade, observando melhor, todas as estrelas do mar tinham grandes olheiras e pareciam estar sofrendo de insônia há dias, semanas, talvez, meses.

– Olá! – cumprimentou Mel.

Uma estrela marinha veio até eles e cumprimentou-os:

– Olá, garotada.

Apesar de cansada, a estrela abriu um largo sorriso.

– Nossa, estrela marinha! Você parece estar com muito sono! – disse Amanda.

– E estou mesmo! Não só eu como todas as minhas irmãzinhas – respondeu a estrelinha, em meio a um bocejo.

– Por quê? Há muito barulho na vizinhança? – indagou Amanda.

– Não!

– Estão sofrendo de insônia?!

– Também não! O problema é outro! – respondeu a estrelinha em meio a outro longo bocejo.

Nisso ela deu uma olhadela discreta para trás e num sussurro quase inaudível disse:

– Não dormimos direito há meses por causa da luz intensa emanada por nossa prima estrela brilhante. Desde que ela chegou aqui, não apaga sua luz, nem de dia nem de noite. Eu, particularmente, acho que há algo errado com ela, afinal, nunca vimos uma parente que fosse iluminada.

Sol soltou uma gargalhada e disse em meio a risos:

– Acho que já sei o que aconteceu...

– Sabe? E o que foi? – empertigou-se a estrela marinha.

Sol foi até a estrela brilhante e puxou papo com ela:

– Como vai, Dona Estrela Brilhante?

– Muito bem, e você?! – cumprimentou ela com um largo sorriso no rosto.

– Ótimo – respondeu Sol, esbanjando simpatia. – Dona Estrela Brilhante, o que trouxe exatamente a senhora para este canto do mar?

– Ora, vim visitar minhas primas! – respondeu a estrela amavelmente.

– Diga-me: aconteceu alguma coisa estranha durante o percurso da senhora até aqui?

A Estrela Brilhante refletiu por alguns instantes, por fim disse:

– Sim, aconteceu! Eu estava a caminho da casa das minhas primas quando de repente me deparei com um cometa. Não houve tempo para desviar-me dele e nem ele de mim. Nos chocamos! Fiquei zonza e, quando dei por mim, já estava aqui na casa das minhas queridas primas.

Estrela Brilhante percorreu com os olhos as inúmeras estrelas marinhas e em meio a um sorriso de satisfação acrescentou:

– Estou tão feliz por estar aqui. Nunca imaginei que a morada de minhas primas fosse assim tão fresquinha!

As estrelas marinhas olharam para ela com certa pena.

– Nós estamos com sono! – protestou uma estrela marinha zangada.

– É isso mesmo, queremos dormir! – queixou-se outra, mal-humorada.

Sol voltou-se para todos e explicou:

– A estrela brilhante é nada mais nada menos que uma estrela do céu. Acredito que a colisão com o cometa fez nossa amiga Estrela Brilhante sair do seu curso e cair aqui no mar. Quando acordou, viu as estrelas do mar e pensou que elas fossem suas parentas!

– Quer dizer então que a Estrela Brilhante é na verdade uma estrela cadente?! – perguntaram todos, ao mesmo tempo.

– Exato! – respondeu Sol. – Por isso ela brilha tanto!

– Só não consigo compreender como é que a estrela do céu tornou-se tão pequenina se as estrelas do céu são tão grandes que podemos observá-las a distância – quis saber Mel.

– A estrela do céu deve ter passado pela mesma magia que me transformou num menino para pousar na Terra.

Bruno voltou-se para a Estrela Brilhante e disse:

– Bem, Dona Estrela Brilhante, a senhora errou de endereço, querida!

– Errei? – admirou-se estrela.

– Sim, estas não são suas parentas. São estrelas marinhas e a sua família é formada por estrelas do céu que moram no céu e não no mar! – explicou Bruno.

– Oh! Não?! – surpreendeu-se a estrela do céu.

– Sim, o seu lugar é no céu, brilhando à noite e não aqui dentro do mar! – acrescentou Amanda com delicadeza.

– Portanto, Dona Estrela Brilhante, a senhora precisa voltar lá para o céu que é o seu lugar de direito! – trovejou Bruno.

Estrela Brilhante fez beicinho e num tom lacrimoso lamentou:

– Mas eu gosto daqui! É tão aconchegante, tão fresquinho...

– Oh! Não! – lamentaram as estrelas marinhas temerosas de que a visita indesejada não fosse mais embora de lá e elas fossem obrigadas a viver eternamente suas noites em total claridade.

– Ainda assim a senhora precisa voltar para o céu... Pense nas suas parentas de lá, devem estar preocupadas com a sua demora... afinal era para a senhora ter chegado na casa delas já há muito tempo.

A estrela do céu fez novo beicinho. Por fim, acabou concordando para total alívio das estrelas do mar.

— Mas como poderemos devolver a Estrela Brilhante para o céu? — quis saber Mel.

— Boa pergunta — comentou Amanda.

Sol refletiu até encontrar uma solução.

— Já sei! — exclamou empolgado. — Lembro-me de certa vez ter visto homens, construindo um negócio chamado cata... cata...

— Cata-vento? — Perguntou Bruno, com um raio de esperança.

— Não! — respondeu Sol.

— Catarata? — sugeriu Amanda.

— Também não! — explicou Sol.

— Cata-treco? — sugeriu Pitágoras.

— Não! É algo que arremessa coisas para o alto, para frente — explicou Sol, puxando pela memória.

— Já sei! — exclamou Mel. — Uma catapulta!

— Isso mesmo! — exclamou Sol animado. — Com uma catapulta podemos mandar a estrela brilhante de volta para o céu!

13
A catapulta

A turma saiu do mar, acompanhado da estrela do céu e de algumas estrelas marinhas. Ao ver aquele bando de estrelas marinhas, saindo de dentro do lago, acompanhando a patota, Sebastião começou a latir. Sol correu até ele e passou o dedo em sua cabeça para acalmá-lo, o que de fato aconteceu, a ponto de ele virar de barriga para cima só para receber um cafuné no peito.

– Como iremos construir uma catapulta? – quis saber Bruno crente de que seria impossível construir uma.

– Bem... Eu... Não sei – respondeu Sol, encabulado.

Todos ficaram pensativos, buscando uma solução. Foi Mel quem teve um insight.

– Já sei! – exclamou ela, contente.

– Como? – perguntaram Bruno e Pitágoras, curiosos.

– Precisamos de um coqueiro – respondeu ela.

– Um coqueiro? – espantaram-se todos.

– Sim, vi os personagens de um desenho animado, se utilizando de um coqueiro para montarem uma catapulta.

– Mas onde vamos encontrar nas redondezas um coqueiro forte o suficiente para lançar nossa amiga estrela de volta para o céu? – quis saber Bruno.

– Taí uma boa pergunta – murmurou Mel pensativa.

– Já vi tudo – lamentou uma das estrelas marinhas. – Pobre de nós, seremos obrigadas a viver na companhia da estrela do céu para sempre.

– Por favor – suplicou a estrela do mar que vivia zangada –, deem um jeito! Nós precisamos dormir!

– Não se desesperem – falou Sol com otimismo. – Nós haveremos de encontrar um coqueiro capaz de resolver o problema!

Ouviu-se então a voz de Pitágoras soar como o ribombo de um trovão:

– Já sei onde tem um coqueiro firme e forte aqui por perto!

– Onde? – quis saber Sol.

– No caminho da casa... – respondeu Pitágoras, resoluto.

– Da casa mal-assombrada? – perguntou Mel.

– Isso mesmo! – respondeu Pitágoras.

– A casa mal-assombrada?!... – gaguejou Bruno, arrepiando-se todo. – Eu é que não vou até lá! – completou, cruzando os braços, fechando o cenho.

– Eu, nem morta! – falou Amanda, fazendo cara de choro.

– Por favor, ajudem-nos, há meses que não conseguimos dormir! – suplicou uma das estrelas marinhas.

– Vocês deveriam ter usado um tampão nos olhos – sugeriu Amanda. – É ótimo para dormir em ambientes claros. Se vocês quiserem, eu posso providenciá-los para vocês!

Amanda logo percebeu que sua sugestão não agradou as estrelas marinhas, pois elas agora olhavam para a menina de viés e com um baita bico nos lábios.

Pitágoras virou-se para Sol e disse:

– Eu levo você, Sol, até os coqueiros que mencionei. Eu não tenho medo! E se aparecer alguns dos fantasmas que assombram a casa velha, você os afugentará, afinal é o todo poderoso Sol!

– Então, vamos! – disse Sol com determinação.

– Eu vou com vocês – anunciou Mel.

Mel voltou-se para os demais amigos e perguntou:

– E quanto a vocês, seus medrosos, ficar aqui sozinhos será mais assustador que ficar próximo à casa mal-assombrada. Não se esqueçam de que a estrela do céu vai conosco, sem ela aqui isso tudo ficará um tremendo breu!

Bruno e Amanda engoliram em seco, Mel tinha razão, toda razão e por isso decidiram, ainda que a contragosto, acompanhá-los até as imediações daquela casa.

As estrelas marinhas começaram a despedir-se da estrela do céu. Apesar de quererem se ver livres dela, acabaram gostando muito dela.

– Amiguinhas, eu adorei conhecê-las e ter morado com vocês por todos esses meses – disse a estrela do céu entre lágrimas e com profunda sinceridade.

– Gostaria de dizer o mesmo – resmungou a estrela zangada.

– Fique quieta – repreendeu sua amiga estrela marinha.

Após abraçar uma a uma e derramar muitas lágrimas, a Estrela Brilhante disse numa voz embargada de emoção:

– Eu ainda acho que não deveria partir, gosto daqui...

As estrelas marinhas arregalaram os olhos chocadas com o comentário.

– Não, querida Estrela Brilhante, você precisa ir, sim... – incentivou uma estrela marinha em meio a outro longo bocejo.

– Mas adaptei-me tão bem aqui com vocês – insistiu a estrela do céu.

– Pense em seus verdadeiros parentes; eles devem estar preocupados com você, por ainda não ter chegado lá! – observou a estrela-do-mar.

– Isso é verdade! – acabou concordando a estrela do céu. – Pensando bem, é melhor mesmo que eu vá.

Todas as estrelas marinhas soltaram pesado suspiro de alívio:

– Ufa!!!...

– Então vamos! – disse Sol.

Antes de partirem de vez, a estrela marinha mais falante da turma disse em nome de todas:

– Muito obrigada, garotos por sua ajuda! Mas, antes de irem embora, podem nos explicar por que chamam este garoto de Sol? Ele é parente do Astro-Rei por acaso?

A pergunta foi feita num tom de brincadeira.

– Na realidade ele é o próprio Astro-Rei que se transformou num garoto para poder conhecer a Terra de pertinho – explicou Amanda.

As estrelas riram, incrédulas.

— É verdade! Ele é o Sol! — reforçou Amanda.

— Que piada! É melhor voltarmos para o nosso querido mar doce mar, antes que a gente ouça mais lorotas! — falou a estrela-do-mar zangada.

Novas despedidas foram feitas e finalmente as estrelas-do-mar se recolheram ao seu habitat natural.

Todos tomaram um minuto para tirarem seus trajes de banho atrás das árvores, enxugarem-se com a toalha que haviam levado e vestiram novamente suas roupas secas e perfumadas.

Estavam todos prestes a seguir caminho quando Pitágoras berrou:

— Esperem um pouco! — e saiu correndo.

— O que ele foi buscar? — perguntou Amanda.

— Sei lá! — exclamou Bruno, franzindo a testa.

— Esse Pitágoras... — reclamou Amanda.

Alguns segundos depois, Pitágoras regressou, trazendo consigo um longo pedaço de cipó e explicou:

— Com isso poderemos puxar o coqueiro para baixo!

— Bem lembrado, pequeno detetive — elogiou Mel. — Havíamos esquecido este precioso detalhe!

— Grande Pitágoras! — elogiou Sol.

Assim todos finalmente seguiram pelo caminho que levava às imediações da casa que ganhara fama de ser mal-assombrada ao longo dos anos. Seguiram tropeçando pelos galhos caídos no chão e ziguezagueando pelo emaranhado de árvores que havia pelo caminho.

Após muito sobe e desce a patota finalmente chegou ao seu destino. O lugar que já era pavoroso à luz do dia, com o eclipse, ficava arrepiante. A sorte deles é que a estrela do céu estava com eles e iluminava parcialmente o lugar.

— Vejam — apontou Pitágoras com alegria. — Lá estão os coqueiros de que falei.

A turma correu para lá. E após escolherem o coqueiro que parecia mais alto e forte, capaz de ser transformado numa catapulta improvisada, Amanda perguntou:

— Muito bem e agora? Como vamos fazer para envergar o coqueiro?

– É muito simples. Alguém terá de subir até o topo dele, amarrar o cipó para que possamos puxá-lo até envergá-lo – explicou Mel.

– E esse alguém sou eu – prontificou-se Bruno, estufando o peito.

Nem bem ele pronunciou a última palavra, agarrou-se ao tronco do coqueiro e começou a escalá-lo com a ligeireza de uma lebre, algo fácil para um garoto que praticava esportes e vivia a subir em árvores para apanhar frutas.

Sol, ao ver a facilidade com que o amigo subia no coqueiro, quis subir também, mas não conseguiu ir muito longe, volta e meia escorregava. Depois de várias tentativas disse frustrado:

– Como é difícil!

– É uma questão de treino – explicou Mel. – O Bruno subiu rápido porque é que nem macaco: adora ficar dependurado em árvores. Além do que é um tremendo esportista.

– Por isso aconselham tanto as crianças, jovens e adultos a praticarem esportes, exercitarem-se, fazer malhação?! – indagou Sol reflexivo.

– Isso mesmo! – respondeu Mel. – O ser humano, seja qual for a idade em que se encontra, precisa praticar esportes, malhar, como se diz na gíria, para que seu corpo permaneça sempre saudável, flexível e cheio de vigor. A malhação além de fazer bem para o físico faz bem para a cuca. Nos deixa de cuca legal!

– Cuca?! – espantou-se Sol.

– Sim, cuca. Cuca quer dizer mente. Faz bem para a nossa mente porque nos relaxa, nos ajuda a extravasar as emoções, estresse, preocupações... Como diz o ditado: corpo são, mente sã.

Sol apreciou intimamente aquelas palavras.

Enquanto isso Bruno chegava ao topo do coqueiro, levando consigo o cipó. Ao atingir o cume, amarrou a ponta bem firme e após certificar-se de que estava mesmo bem amarrada, desceu, trazendo consigo a outra extremidade.

– Está firme? – perguntou Mel.

– Está, sim! – afirmou, Bruno.

– Ótimo! – exclamou Mel.

– E agora, como é que se faz? – quis saber Amanda.

– Agora vamos todos puxar a ponta do coqueiro até ele envergar e sua ponta encostar no chão. Então, poremos a estrela do céu sentada na ponta do coqueiro e soltaremos a corda. O coqueiro voltará à sua posição normal com tanta força que lançará a nossa amiga estrela de volta para o espaço.

– Mas será que ela alcançará o céu? – perguntou Amanda com ligeira preocupação.

– Sim! – afirmou Sol. – Ela é uma estrela e deslocar-se pelo espaço, para elas, é fácil!

– Chega de papo e vamos ao que interessa – trovejou Bruno, determinado.

Todos ajudaram a envergar o coqueiro. Sebastião acompanhava tudo com grande interesse, soltando vez ou outra seu rosnado que mais parecia um resmungo. A garotada estava tão compenetrada naquela missão que acabou até se esquecendo do medo que sentiam do local.

– Segurem forte o cipó! – berrou Bruno.

– Estamos segurando! – responderam todos entre dentes, devido à força que faziam para envergar o coqueiro.

Quando ele ficou na posição estratégica, Sol colocou, com delicadeza, a Estrela Brilhante, sentada na ponta.

– Está confortável, Dona Estrela? – perguntou.

– Muito! Muito confortável! – respondeu a estrelinha, aproveitando para despedir-se da garotada: – Muito obrigada por tudo, meninada. Obrigada por me ajudarem a voltar para o céu! Mas se não der certo, não se preocupem, posso ficar muito bem morando na prainha, gostei muito de lá e minhas primas terrestres são muito acolhedoras.

Passou pela cabeça de todos naquele momento a expressão que cobriria o rosto das estrelas marinhas caso a estrela do céu voltasse para a prainha. Foi preciso grande esforço por parte de todos para não rirem.

Ao sinal de Sol, a turma soltou o cipó que prendia o coqueiro envergado, e com sua volta para a posição normal, a estrela foi arremessada em direção ao céu.

– Tchau, pessoal! – berrou ela.

– Boa viagem! – gritaram todos.

Sebastião latia forte como se estivesse dizendo "tchau" também só que em línguagem canina.

Algumas das estrelas marinhas haviam ficado fora d'água em cima de uma pedra, às margens da prainha, para se certificarem de que a estrela do céu havia mesmo voltado para o seu habitat natural. Ao verem-na seguindo de volta para casa, suspiraram aliviadas.

– Finalmente podemos dormir sossegadas! – desabafou uma delas.

– Antes tarde do que nunca! – exclamou a estrela zangada.

Nesse momento, uma das estrelas-do-mar deixou cair uma lágrima, certamente de saudade. Até mesmo a estrela zangada derramou lágrimas. Não era para menos, apesar dos pesares, havia se simpatizado muito com a estrela do céu.

– Sentiremos saudades dela! – lamentou a estrela em meio a um longo bocejo.

– Sim – concordou a estrela zangada. – Mas sempre que quisermos matar a saudade dela, basta vir cá e olhar para o céu onde a Estrela Brilhante estará brilhando como sempre... Agora vamos dormir!

A estrela enxugou uma última lágrima, bocejou mais uma vez e entrou no mar acompanhada das outras.

14
A estranha casa

Sol, provando da doce satisfação que se abre no coração de todos quando se ajuda o próximo, disse:

— Foi bacana ter ajudado a estrela do céu a voltar para o seu verdadeiro lar e, ao mesmo tempo, ajudar as estrelas marinhas a dormirem, depois de tanto tempo!

Mel assentiu também feliz pelo feito.

Nisso, a Lua, pairando majestosamente no céu cercada de nuvens pretas, chamou a atenção do Sol. Um sorriso bonito de profunda admiração iluminou sua face.

— Como é linda a visão do céu daqui da Terra — comentou o garoto.
— Tão linda quanto a visão que tenho daqui, lá do sistema solar.

— É um colírio para os olhos...

Amanda limpou a garganta e disse com voz vacilante:

— Pessoal, vamos embora daqui! Este lugar me dá arrepios!

— Em mim também — admitiu Bruno.

— A propósito, onde fica a tal casa assombrada? — quis saber Sol, curioso.

— É logo ali atrás daquelas árvores — respondeu Mel.

— Eu quero vê-la — pediu Sol.

— Eu é que não vou lá — respondeu Amanda num fôlego só.

— Eu também, não! — arrematou Bruno.

— Por favor, só uma espiadinha! — insistiu Sol.

Sebastião rosnou como quem diz: "eu também não vou!" e correu e se escondeu atrás das pernas de Bruno.

– Eu vou com você – afirmou Mel confiante. – Eu não tenho medo!

Todos olharam espantados para a menina.

– A propósito, sendo você o Sol, talvez possa nos dizer se é verdade que existem fantasmas! – perguntou Mel, curiosa.

– Bem, tais fenômenos acontecem geralmente à noite! Quem poderia responder melhor a vocês é a Lua! – respondeu o menino, apontando para a amiga que se mantinha toda cheia no céu.

– E como ela é? Digo, a Lua! – perguntou Mel.

– Um encanto! Uma grande amiga! – respondeu Sol com sinceridade.

– Seria muito bom se um dia ela pudesse vir até aqui também! – sugeriu Mel, imaginando conhecer a Lua pessoalmente.

– Quem sabe um dia – respondeu Sol.

Mel e Sol foram despertados pelo murmúrio de vozes dos amigos.

– O que está havendo? – quis saber Mel, olhando com curiosidade para Bruno e Amanda.

– É Pitágoras, onde está ele? – perguntou Amanda.

– Pitágoras?! Ele estava aqui conosco agora mesmo! – respondeu Mel, percorrendo com os olhos ao redor, em busca do pequeno detetive.

– Ele desapareceu! – afirmou Bruno, assustado.

– Será que voltou para a casa sem nos avisar? – questionou Sol.

– Ele não faria isso! – afirmou Mel resoluta.

– Eu disse que esse lugar é assombrado! – exclamou Amanda, começando a bater o queixo de medo.

– Calma, pessoal, não tiremos conclusões apressadas! – aconselhou Mel.

– E se nós seguirmos as pegadas de Pitágoras? – sugeriu Sol, ao lembrar-se de como Pitágoras o havia descoberto.

– Mas não dá para ver nada nesta escuridão – lembrou Bruno – a única lanterna que tínhamos está com Pitágoras.

– Eu posso ajudar – afirmou Sol e fechando os olhos, inspirando fundo o ar, o menino foi se acendendo como se fosse um abajur em forma de gente. A luz que irradiava de seu corpo iluminou o chão e assim a turma pôde procurar pelas pegadas deixadas pelo pequeno detetive. Até mesmo Sebastião procurou por elas, cismado. Ouviu-se então Bruno dizer numa voz profunda e gutural:

– Encontrei! Encontrei as pegadas dele!

– Ótimo! Vamos segui-las! – determinou Mel, sentindo-se um Sherlock Holmes.

As crianças seguiram as pegadas.

Ouviu-se então um trovão forte e retumbante.

– Xiii, vai chover! – exclamou Bruno, voltando os olhos para o céu.

– Vai desabar um toró daqui a pouco – atalhou Bruno.

– Toró?! – empertigou-se Sol.

– É! – afirmou Bruno.

– Toró quer dizer chuva – explicou Mel.

– Chuva! Vou finalmente poder ver a chuva! – alegrou-se Sol, abrindo um sorriso de orelha a orelha. – Lá do espaço não posso vê-la direito já que as nuvens escuras cobrem a minha visão! – explicou.

O clarão causado pela luz do Sol despertou a atenção do morador da chácara vizinha, o senhor Gumercindo Epaminondas. Um homem de setenta e poucos anos, de aparência esquálida e cansada, mas que mesmo assim andava a passos rápidos como se estivesse sempre com pressa para resolver algum negócio importante.

Usava óculos meia-lua, chapéu de palha e andava ligeiramente curvado. Sempre na companhia de seu cão de estimação chamado carinhosamente por ele de Piti Bu Bu, um lindo pit bull cor chocolate.

– O que será aquilo? – perguntou Gumercindo Epaminondas para o cão, referindo-se ao misterioso clarão que se movia por entre as árvores.

O animal olhou para o dono com olhos de quem diz "Eu é que sei?!"

– Que pergunta estúpida a minha – repreendeu-se o homem a seguir. – Só pode ser um daqueles moradores malucos daquela casa mal-assombrada.

Nisso ouviu-se um trovão, um forte e grave trovão. O homem e o cão pularam de susto.

Pondo o medo de lado, Gumercindo Epaminondas resolveu seguir o clarão em surdina, na esperança de conseguir alguma prova para expulsar os moradores da casa que ganhara fama de ser mal-assombrada, ao longo dos anos.

A garotada continuou seguindo as pegadas de Pitágoras sem perceber que também eram seguidos. Ninguém ousava abrir a boca, tamanho o receio de que suas vozes pudessem despertar atenção dos moradores da tal casa. O único barulho a se propagar no silêncio era o das pedrinhas que se deslocavam conforme os passos da meninada ou dos trovões que vinham do céu.

A maçã do rosto de todos ali adquiriu uma tonalidade abóbora, quando uma leve brisa agitou os talos das plantas que ladeavam o caminho, dando-lhes a impressão de que estavam cercados por pessoas ou coisas que não sabiam definir.

– É melhor irmos embora daqui enquanto há tempo – sugeriu Amanda, batendo o queixo.

Nem bem a menina opinou, Bruno estancou os passos abruptamente. Sebastião, que vinha logo atrás dele, chocou-se com suas pernas e gemeu.

– Vejam! – exclamou o menino apontando com o dedo. – As pegadas de Pitágoras seguem em direção da...

– Casa! – exclamaram todos, arrepiados.

Surpreso, Bruno assoviou fininho.

A misteriosa casa era um sobrado de madeira cercado por uma larga varanda e repleto de janelas na parte superior. Não se via uma luz dentro dele, nem sinal de que era habitado.

Ao avistar a casa, Sebastião soltou um latido fino e tratou imediatamente de se esconder atrás das pernas de Mel.

– Está tudo bem, Sebastião – disse a menina amavelmente, pegando o cãozinho no colo e confortou-o em seus braços.

– Cruzes! – agitou-se Bruno. – Será que o Pitágoras foi capturado por um dos fantasmas que moram naquela casa mal-assombrada?

– S-será? – gaguejou Amanda, arrepiando-se inteira. – Pobre Pitágoras...

– Isso que dá querer ser bisbilhoteiro, metido a detetive – julgou Bruno enraivecido.

— Se ele foi raptado, precisamos salvá-lo — afirmou Mel com determinação.

— Nem pensar! — defendeu-se Amanda. — Eu é que não entro naquela casa de jeito algum.

— Não sejam covardes — protestou Mel.

Sebastião, todo encolhido entre os braços de Mel, protestou também por meio de um rosnado que mais pareceu um miado de um gato mimado.

Nisso, Sol apagou a sua luz, voltando ao natural, pois não era mais necessário seu clarão. Ouviu-se então mais um estalo de um trovão, pegando todos novamente de surpresa, fazendo darem um pulo de susto, arrepiando-se da cabeça aos pés.

— A chuva não tarda a cair! — observou Amanda, batendo os dentes. — E onde é que a gente vai se proteger dela?

— Boa pergunta.

— É melhor voltarmos para a casa de Mel.

— Mas, não podemos voltar sem Pitágoras — observou Mel.

— E não podemos também tomar chuva, não faz bem para a saúde.

— Só nos resta uma solução — observou Sol.

Todos voltaram os olhos para o menino. Até mesmo Sebastião olhou-o com curiosidade.

— Vamos ter de nos abrigar na varanda da casa mal-assombrada — sugeriu ele.

— Naquela casa?! — exaltou-se Amanda. — Nem de brincadeira!

Bruno voltou-se para a amiga e lentamente sua cabeça inclinou-se em sinal de concordância.

— Não há problemas! Confiem em mim! Eu protejo vocês! — insistiu Sol, decidido.

— Muito agradecida, mas prefiro tomar chuva a ter de pisar sequer o dedão do meu pé direito na varanda daquela casa...

Amanda terminou a frase com um gemido.

— Eu vou com você, Sol! — disse Mel.

Nisso os primeiros pingos da chuva começaram a cair. Sem mais delongas Sol e Mel correram para a varanda da casa.

— Venham, não tenham medo — chamou ele os demais.

Mas Amanda e Bruno amarraram o cenho e fizeram que "não" com a cabeça. Os pingos da chuva começaram a engrossar.

Foi bem nesse momento que uma coruja passou voando rente à cabeça de Amanda. Ela deu um grito tão forte, ao vê-la, que assustou Sebastião a ponto de fazê-lo pular em seu colo.

Amanda assustada com o salto de Sebastião, pulou no colo de Bruno, que assustado foi ao chão.

– Seus bobões – caçoou Mel. – Era apenas uma coruja!

– Coruja?! O que é uma coruja?! – perguntou Sol, curioso.

Mel com toda delicadeza explicou:

– Você nunca viu uma porque as corujas trocam a noite pelo dia. Durante o dia, escondem-se para dormir, pois não gostam de claridade. À noite elas vivem alegres e empolgadas.

– Que interessante! – exclamou Sol enquanto observava a coruja fazer o seu sonoro: Ûh! Ûh!

A chuva engrossou e antes que Bruno, Amanda e Sebastião ficassem encharcados, os três resolveram aceitar o conselho de Sol e Mel. Abrigaram-se também na varanda da casa tida como mal-assombrada.

Foi então que subitamente Sol sentiu seu peito se apertar de vontade de tomar um banho de chuva.

– O que foi? – perguntou Mel diante da expressão curiosa que se estampou no rosto do seu mais novo amigo.

– Sempre quis tomar um banho de chuva – respondeu ele. – Já que banho de sol eu tomo todo dia!

– Por que não toma? – sugeriu Mel.

– Acha que devo?

– Sim. Depois é só você se acender que ficará sequinho novamente.

– É verdade! – exclamou Sol entusiasmado.

Sem mais diz que diz o menino correu para a chuva onde ficou correndo de um lado para o outro, abrindo e fechando os braços, rodopiando, como se estivesse brincando com a chuva. Dançando com ela.

Sol estava tão realizado que sua felicidade irradiou-se até as crianças como os raios do sol irradiam-se até a Terra, despertando em cada um aquele calorzinho gostoso e prazeroso que doura a pele e enche todos de vitalidade.

Então, subitamente, Sebastião saltou do colo de Mel e correu em direção ao Sol e se pôs a acompanhar os passos do garoto sob a chuva, compartilhando de seu entusiasmo.

Ao longe, o Sr. Gumercindo Epaminondas, acompanhado de Piti Bu Bu observava a cena. O homem não podia ver muito bem, porque seus óculos estavam respingados de chuva, mas o que viu, impressionou-o muito.

– Esses malditos vizinhos – resmungou entre dentes. – Se pensam que vão me assustar estão muito enganados. Vou expulsá-los dessas terras, custe o que custar.

Piti Bu Bu concordou com seu dono com um rosnado que mais parecia um miado debochado de um gato.

Após Sol se esbaldar na chuva, ele se juntou novamente à turma que o aguardava na varanda da casa.

– E agora? Vai ficar molhado? – perguntou Bruno.

– Oh, não! – respondeu Sol, fechando os olhos e acendendo novamente o seu clarão interior. Em segundos ele estava novamente seco.

Sebastião aproveitou o calor que a luz interior do menino emanava para se secar também.

– Agora, vamos procurar Pitágoras! – falou Sol com determinação.

Todos seguiram o menino, inclusive Sebastião, andando na ponta dos pés, percorrendo, com os olhos arregalados, todos os cantos por onde passavam. Somente Mel e Sol pareciam estar mais tranquilos.

A cada passo que davam, o assoalho de madeira rangia, fazendo um nhéc, nhéc assustador.

O barulho da chuva, caindo pesada em meio ao zunido do vento e misturado aos estrondos dos trovões, deixava o lugar ainda mais apavorante.

– Há quanto tempo existe esta casa? – perguntou Sol.

– Há muito tempo, creio eu! – afirmou Mel.

– E não existem pessoas, morando aqui?

– Dizem que existe, mas que são estranhos, pouca gente os vê. Ninguém ousa chegar perto daqui devido aos comentários de que ela é assombrada!

A madeira do assoalho rangeu outra vez. Outro trovão estrondou perto dali. Sebastião deu um salto e foi parar na cabeça do Bruno, que se assustou e cambaleou. Sol foi rápido e o segurou antes que caísse ao chão.

– Eu estou com muito medo! – murmurou Amanda, branca feito neve.

– Eu também – sussurrou Bruno com as pernas bambas.

Nisso ouviram um estranho barulho, mas não souberam definir o que era, nem de onde vinha.

– Aqui está a campainha – falou Sol. – Devemos tocar?

– É claro que sim – afirmou Mel.

– Acho melhor, não – discordaram Amanda e Bruno, uníssonos.

Sem mais delongas, Sol apertou a campainha, mas ninguém ouviu som algum. Sol tocou mais uma vez e nada.

– Deve estar quebrada – concluiu Mel.

Sol então girou a maçaneta da porta da frente da casa e para surpresa de todos ela se abriu.

– Está aberta – comentou, surpreso.

– De que adianta a porta estar aberta se não vamos entrar na casa?! – resmungou Bruno.

– Quem disse que não vamos entrar?! – desafiou Sol.

– Você não seria louco! – zombou o menino com indignação.

– Seria, sim – afirmou Sol decidido e corajoso. – Não tenham medo! Acompanhem-me!

– Acompanhá-lo?! – zombou Bruno. – Não me faça rir.

– Você só pode estar brincando – ironizou Amanda, tensa.

– Vocês dois são o quê? Uma galinha, por acaso? – perguntou Mel, fuzilando os amigos com o olhar.

– Cócócóricó!!! – cacarejaram Bruno e Amanda sem um pingo de vergonha de sua covardia.

Um novo relâmpago rompeu o céu nesse instante, iluminando as imediações, forçando a meninada a entrar rapidamente na casa devido ao susto que provocou em todos.

O interior da casa era puro breu. Não se enxergava nada a um palmo do nariz. Parecia não haver ninguém ali.

Eles continuaram se locomovendo com passos bem concentrados, andando literalmente na pontinha dos pés.

Bruno balançou a cabeça em sinal de discordância. Disse com severidade:

— Que maluquice nós todos aqui...

Nem bem Bruno abriu a boca, pisou sem querer em algo macio que estava no chão. Era o rabo de um gato que miou aguda e estridentemente enquanto deixava o local em disparada.

O miado assustou Bruno e Amanda, fazendo-os correr em busca da porta pela qual haviam entrado na casa.

— Socorro! — gritaram os dois.

O medo de ambos contagiou Sol e Mel, fazendo com que corressem também.

Foi então que um novo raio iluminou o lugar, permitindo-lhes ver o vulto de algo indefinido vindo na direção deles. A galera berrou histericamente enquanto tomava a direção contrária.

A turma entrou então no que parecia ser uma sala e se trancaram dentro dela.

— Ufa! — suspirou Amanda, ofegante. — Aqui estamos salvos.

— Eu disse que não deveríamos ter entrado nesta casa — esbravejou Bruno, irritado.

— Eu também disse — afirmou Amanda numa voz trepidante.

Um novo relâmpago iluminou a sala através da janela, o tempo suficiente para as crianças perceberem que parecia um corpo estendido no sofá. Por um segundo vertiginoso a galera ficou congelada, tomada de pavor.

— V-vocês v-viram o que eu vi? — gaguejou Amanda, olhos dilatados pelo choque.

— Eu acho que sim — sussurrou Mel entre dentes.

— Talvez tenha sido a nossa imaginação — sugeriu Bruno.

— Imaginação coletiva, é? — perguntou Amanda, engolindo em seco.

— Tenham calma — murmurou Sol, mantendo a calma.

— Psiu, fiquem quietos — implorou Bruno, batendo o queixo.

Outro relâmpago iluminou o interior da sala e todos puderam confirmar que se tratava mesmo de um corpo estirado no sofá.

Um grito abafado atravessou a garganta de todos, mais uma vez. E um outro ainda pior ecoou quando viram o misterioso corpo se mover.

Para piorar a situação, Bruno tornou a pisar no rabo do gato que desta vez pulou no seu colo. Como ele não podia enxergar direito por estar escuro, ao sentir os pelos do bichano, roçarem seu corpo, gritou tão alto que seu berro seria capaz de acordar a pequena cidade de Girassóis inteira.

Bruno abriu a porta com ferocidade e todos deixaram aquele aposento aos atropelos. Eles estavam quase alcançando a porta pela qual haviam entrado na casa quando um novo relâmpago iluminou o aposento, permitindo que vissem o rosto de alguém bastante conhecido deles. O impacto foi tão forte que Amanda, Bruno e Sebastião desmaiaram.

– Oi, Mel, oi, Sol! – disse Pitágoras com a tranquilidade de um beija-flor.

– Pitágoras! – exclamou Sol contente.

– Onde esteve? – perguntou Mel com seriedade.

– Estive investigando a casa mal-assombrada – respondeu o pequeno detetive com empolgação.

– E o que descobriu? – quis saber Sol com certa ansiedade.

Não houve tempo para que Pitágoras respondesse, pois nesse instante a voz de Amanda, recobrada dos sentidos, sobrepôs à dele.

– Pitágoras, seu menino travesso! – bramiu a menina. – Estamos aqui dentro desse mausoléu por sua culpa! Quem mandou você desaparecer e vir parar aqui?!

– Calma, Amanda! Não precisa ter medo – respondeu Pitágoras, cordialmente. – A casa não é mal-assombrada. Na verdade é habitada por gente muito boa.

Neste instante ouviu-se o ruído de um fósforo sendo riscado e uma vela foi acesa. As crianças puderam então enxergar um garotinho de olhar simpático que se encontrava ao lado de Pitágoras. Eles estavam tão apavorados que nem notaram que o menino estivera ali ao lado dele o tempo todo.

Amanda, sem coragem de falar, animou-se diante do olhar bondoso do menino. Ela estendeu o dedo e o tocou levemente, fazendo uma careta engraçada. O menino riu francamente e afirmou:

– Não sou fantasma, não!

Mel e Sol reanimaram Sebastião e Bruno neste ínterim. Quando todos viram o menino, arregalaram os olhos surpresos.

– Não vão desmaiar outra vez! – pediu Sol aos dois.

Pitágoras aproveitou o momento e disse:

– Amigos, este é Crepe!

– C – r – e – p – e?!!! – exclamaram todos.

– Sim. C – r – e – p – e!!!! – repetiu o menino com bom humor.

– Crepe suzete? Crepe de frango? Crepe de chocolate? De carne moída? Vegetariano? – brincou Bruno com sarcasmo.

– Não, apenas C – r – e – p – e!!! – divertiu-se o garoto.

– Muito prazer! – cumprimentaram todos.

– Crepe?! Com esse nome, não é à toa que o povo da cidade o ache estranho e assustador! – sussurrou Bruno, para os que estavam próximos a ele.

Mel reprovou-o com o olhar. Bruno, sem esmorecer, falou:

– Não se esqueçam, pessoal, de que o garotinho simpático pode ser um fantasma disfarçado de gente!

A questão levantada pelo amigo deixou todos ali encasquetados, novamente envoltos pelo medo que se abrandara há pouco.

– E se for? – murmurou Amanda, apreensiva.

– Psiu! – pediu Mel aos amigos.

Crepe sorriu docemente. Diante daquele sorriso carismático, todos tiveram vontade de falar com ele, de perguntar coisas sobre a casa e desvendar os mistérios que cercavam aquele lugar.

Mas Crepe já caminhava na frente e as crianças o acompanharam. Mesmo os que ainda estavam com medo do estranho garoto, tiveram de acompanhá-lo, pois ele levou consigo a vela. Quem ficasse para trás, ficaria em plena escuridão.

Atravessaram um corredor de mãos dadas para não se perderem, passaram pelo que parecia ser uma sala, depois por outro corredor e por outra porta. O local parecia um labirinto.

Outro relâmpago irrompeu nos céus e dessa vez, bem longo. Bruno deu um pulo e andou apressado, batendo a cabeça na parede; o que resultou num galo. Os outros riram e ele ficou zangado dizendo:

– Outros hão de dar cabeçada também nesta escuridão – ele respirou fundo pra relaxar a tensão e acrescentou: – Eu juro que se me pedirem para encontrar a saída deste lugar, eu não vou conseguir!

A turma continuou andando até chegarem a uma sala aconchegante, iluminada por um lampião a gás.

15
Os estranhos moradores

Bruno rompeu o silêncio com mais uma de suas pertinentes perguntas:

– Crepe, vimos há pouco alguma coisa ou alguém deitado no sofá de uma das salas da casa. Você pode me responder o que ou quem era?

– Ah! Aquele era o meu tio Mussarela! – explicou Crepe. – Ele sempre tira uma cochilo quando chove assim! Ainda mais quando ele acorda muito cedo, como fez hoje para preparar os apetrechos para ver o eclipse!

– E o que era aquela sombra que vimos andando pela casa? – perguntou Amanda.

– Deveria ser minha avó, Berta Roberta. Vovó e titio moram aqui comigo e minha mãe que trabalha na cidade.

Crepe interrompeu-se para pegar a gata que ronronava e roçava sua perna. Ergueu-a e apresentou-a para todos os seus novos amigos.

– E a propósito, esta é Doroteia, minha gata de estimação. Foi por causa do miado dela que soubemos que havia gente na casa – explicou o menino.

Doroteia estudou os presentes, um a um, com seus olhos vivos e atentos. Depois miou para todos como um cumprimento. Em relação a Sebastião, estudou o cãozinho com mais atenção. Sebastião rosnou desconfiado para ela que lhe lançou um olhar com desdém e desde então ignorou-o por completo.

– Por incrível que pareça, Doroteia não teme os cães. Na realidade acho que são eles que a temem – explicou Crepe, acariciando a cabeça da gata.

Todos riram. Doroteia miou e Sebastião rosnou.

Mel perguntou a seguir:

– Diga-me, Crepe, por que nunca o vejo, brincando com as crianças da vizinhança?!

– Eu tento, mas, quando eles descobrem que sou um dos moradores da famosa casa que é tida por todos como mal-assombrada, eles se afastam de mim porque acham que somos fantasmas. Não sei quem foi que soltou esse boato, mas não gosto dele não, pois por causa dele sou obrigado a ter somente Doroteia como amiga.

– Coitadinho... Você deve viver muito só... – lamentou Amanda.

– Vivo mesmo – afirmou Crepe com pesar. – Se não fosse a Doroteia, viveria em plena solidão.

– Nós também pensamos que vocês fossem fantasmas – explicou Amanda.

Bruno, assim que viu a silhueta de alguém parado junto à porta, deu um passo para trás.

– Bruno! – esbravejou Pitágoras, avermelhando o rosto. – Você pisou no meu dedão do pé!

– Esta é minha avó Berta Roberta de quem falei agora há pouco – apresentou Crepe.

A criançada cumprimentou a senhora ainda com certa reserva. Não estavam plenamente convencidos de que os moradores da casa não eram realmente fantasmas.

Berta Roberta era uma senhora por volta de oitenta anos, com um rostinho miúdo e um sorriso agradável e bondoso. Estatura pequena, ar lívido e cabelos num tom de roxo prateado. Trajava um vestido preto e por sobre ele um xale de cor roxa.

Amanda jamais vira um traje tão macabro como aquele. Digno de ser usado somente em festas do dia das bruxas.

Nesse momento uma mão pousou no ombro de Bruno. O menino não se exaltou, pois pensou que era a mão de um dos seus amigos, porém, quando voltou os olhos por sobre o ombro e se deparou com uma mão toda enrugada e esbranquiçada feito cera parada ali, por pouco não fez xixi na calça, tamanho o choque.

O dono da mão era nada mais nada menos que o tio de Crepe,

conhecido por todos como tio Mussarela.

— Pessoal! — disse Crepe com grande alegria, pondo-se ao lado do tio. — Este é o meu tio Mussarela!

Tio Mussarela era um senhor por volta dos setenta e cinco anos, estatura mediana, olhos azuis, cabelos ralos, tingidos numa cor que com a luz do lampião a gás fazia parecer ser da tonalidade laranja abóbora.

— Sejam bem-vindos! — saudou o tio, exibindo os dentes brancos num sorriso sinistro. Tio Mussarela tinha uma voz arrastada como aquelas que os fantasmas têm nos filmes de terror.

Bruno mais uma vez, por pouco, não fez xixi nas calças.

— Por que vocês estão sem luz por aqui? — perguntou Mel a seguir.

— Por culpa do cricri do Gumercindo Epaminondas, um velho ranzinza, que mora ao lado de nossa chácara. Ele quer descobrir se somos bruxos ou fantasmas ou qualquer coisa parecida para provar para cidade toda e, com isso, conseguir um abaixo-assinado para nos expulsar daqui — explicou tio Mussarela.

— O que ele quer mesmo é nos forçar a vender nossa chácara por um preço de banana para ele — explicou vovó Berta Roberta.

— Às vezes, quando estou com disposição — acrescentou tio Mussarela, soltando uma gostosa gargalhada —, gosto de aprontar umas com o velho Gumercindo só para assustá-lo! Certo dia, ao cair da noite, avistei-o por meio do meu binóculo, espionando como sempre, a nossa casa.

Lá estava ele na companhia do seu fiel e amado cão, Piti Bu Bu.

— Piti o quê?! — espantou-se Bruno.

— Piti Bu Bu! É o nome do cachorro. Um pit bull de aparência cansada, que morre de preguiça. Se pudesse, dormia o dia todo de barriga pra cima. O avesso de um verdadeiro pit bull.

— Ah!!! — exclamaram todos, rindo.

Tio Mussarela retomou sua história:

Pus então um lençol branco, cobrindo todo o meu corpo e talco em Doroteia para ela ficar esbranquiçada. Pedi ao Crepe que saísse da casa com cuidado para não ser visto pelo Gumercindo e que levasse com ele a lanterna. Na hora em que eu saísse da casa com Doroteia, puxando uma perna e gemendo, que ele acendesse a lanterna, dirigindo o facho de luz na nossa direção para que parecêssemos fosforescentes.

O rabugento do Gumercindo quando nos viu, deu um berro tão alto que deve ter sido ouvido até mesmo pelo Sol. O homem voltou para sua casa, correndo na companhia do seu cão e se trancafiou por dias.

– Eu e titio não conseguimos parar de rir por horas – completou Crepe, relembrando o episódio.

– O Gumercindo além de ranzinza, é todo atrapalhado – continuou tio Mussarela. – Foi cortar umas árvores outro dia e derrubou uma justamente nos fios que trazem energia para a nossa casa. Por isso, ficamos sem luz. Às vezes penso que fez de propósito.

Vovó Berta Roberta tomou a palavra:

– A mãe do Crepe foi pedir à companhia de luz que viesse consertar o problema, mas até agora, nada. Eles também têm medo de nós, por pensarem que somos fantasmas. Acho que só virão quando o eclipse acabar. Por falar em eclipse eu já vi alguns durante a minha vida, mas nunca um tão longo como este.

– Ui! Ui! – gemeu Bruno a seguir, enquanto passava a mão na testa onde havia crescido o galo.

– Ei, meu filho – disse vovó Berta –, é melhor passar uma pomadinha aí nesse galo antes que ele aumente e chegue até a cantar.

E com a maior disposição vovó Berta foi até um armário, abriu uma das gavetas e de lá tirou um tubinho de pomada e deu para Bruno passar no galo que se fez no seu cocuruto. Sol observava aquilo atentamente. Após ter passado a pomada, o rosto de Bruno pareceu mais alegre. Não era para menos, o frescor da pomada havia aliviado a dor na sua cabeça.

– Crepe, por que você não toca um pouco de violão para essa garotada bacana? – sugeriu tio Mussarela a seguir.

– Crepe é uma fera no violão, um excelente violonista – explicou vovó Berta Roberta.

– Como nunca tive amigos para brincar, sempre me sobrou muito tempo livre, foi então que eu resolvi aprender a tocar o instrumento e cantar para entreter meu tempo – explicou o menino. – Alguém de vocês toca algum instrumento musical e canta?

– Toco, sim – respondeu Bruno com ligeireza.

— É mesmo?! — alegrou-se o menino. — Qual?

— Toco a campainha das casas!

A resposta soou acompanhada de uma gargalhada aguda e espalhafatosa.

Mel reprovou o amigo com o olhar.

— Eu adoraria ouvi-lo tocar e cantar — disse Sol com sinceridade.

— É mesmo?!

— Por favor.

— Está bem, mas só toco meu violão e canto se vovó e tio Mussarela me acompanharem.

— É para já! — empolgou-se a avó, sentando-se em frente ao enorme piano de cauda que se encontrava no canto esquerdo da sala.

Tio Mussarela, por sua vez, pegou seu bongô e assim que todos estavam prontos, começaram a tocar e cantar uma canção que a criançada acompanhou com palmas e logo aprenderam a cantar o refrão.

Tudo bem ter um dente a menos, ou dois, ou três
Tudo bem precisar de ajuda na semana ou no mês
Tudo bem ter um nariz diferente, longão, grandão
Tudo bem ter uma cor diferente, amarelo, azul, ruivão

Tudo bem usar óculos coloridos
Tudo bem usar aparelho de audição
Tudo bem chorar um pouco
Tudo bem ficar com cara de bobo

Tudo bem ter orelhas grandes e olhinhos de japonês
Tudo bem querer andar de elefante,
De avestruz ou pequinês
Tudo bem ser baixinho, cabeludo, fortão
Tudo bem ser gordinho, careca e fofão

Tudo bem brincar com bolhas de sabão
Tudo bem torcer pro seu time de montão

Tudo bem brincar com seu patinho de borracha...
na banheira
De segunda à sexta-feira, enquanto lava a cabeleira!
Tudo bem, tudo bem, tudo bem, meu bem...

Crepe sugeriu então aos amigos que tocassem alguma coisa também. E assim foi com eles até a cozinha de onde trouxeram colheres de pau, tampas de panela e caixas de papelão para usarem como instrumentos musicais.

Cada membro da turma ficou com um apetrecho e o tocou a seu modo, adicionando assim um som diferente à cantoria.

Amanda e Mel batiam as tampas das panelas, Bruno, Pitágoras e Sol batiam com a colher de pau nas caixas de papelão como se fossem bumbos.

É bom toda criança saber
que tudo na vida é especial... Uau Uau!!!
Eu sou especial... Você é especial...
A mamãe é especial, o papai é especial,
O vovô, a vovó, o titio, a titia, os irmãozinhos,
os amiguinhos, tudo, enfim, é muito especial!
Tchu-ru-ru-pa-tchu-ru-tchu-ru-pa-tchu... Especial!

A nossa boca é especial porque nos permite mastigar
Os alimentos que nutrem o nosso corpo!
O nosso nariz é especial porque nos permite respirar
Os nossos olhos são especiais
porque nos permitem enxergar!
Os óculos são também especiais
porque nos permitem ver bem mais!
Os ouvidos são também especiais,
porque nos permitem ouvir!
O amor, além de especial,
é essencial para que todos,
todos no mundo vivam em paz!!!!

A cadeira de rodas é especial
porque ajuda muitos a se locomover
A muleta e a bengala são especiais
porque ajudam muitos a caminhar
As cores são também especiais
para que tudo no mundo seja colorido!
Como vê, tudo na vida é especial,
Todos nós somos especiais e somos diferentes.
Especiais diferentes!

Estava sendo uma grande descoberta para todos saber quão divertida era aquela família que até então julgavam ser fantasmas.

Assim que vovó Berta Roberta tocou a última nota no piano, Sol voltou-se para ela e disse:

– Como é lindo o som do piano!

– Lindo mesmo – concordou a senhora. – Não é incrível que todo esse maravilhoso som seja produzido por essas 88 teclas?

O menino concordou com a cabeça.

– Que bom que Deus pôs seres humanos, como nós, na Terra – acrescentou vovó Berta Roberta. – Sem eles por aqui, os instrumentos musicais e a escala musical não teriam sido descobertas.

– É verdade – concordou Mel, pensativa –, se não existissem os seres humanos, não haveria música.

– Nem desenhos animados – completou vovó –, nem arte em geral, já que os animais não possuem inteligência para tanto. Isso mostra que há uma razão mais profunda para estarmos aqui no planeta.

Sol empolgado comentou:

– Cantar, tocar um instrumento, puxa, eu sempre quis participar de tudo isso assim de pertinho.

– De pertinho... – estranhou vovó Berta Roberta. – Como assim?

– É que onde eu moro não tem música – respondeu Sol um tanto encabulado.

– Não?! – espantou-se a avó – Nunca soube de um lugar que não houvesse música...

– É um lugar bem longe daqui... – explicou Sol, dirigindo seu olhar para a janela.

– Longe tal como Nova Iorque? – arriscou Crepe um palpite.

– Mais longe! – respondeu Sol.

– Longe como o Japão? – arriscou tio Mussarela.

– Muito mais longe – respondeu Sol.

– Polo Norte? – arriscou Crepe mais uma vez.

– Acredite-me, mais longe ainda que o Polo Norte!

– Mais longe que isso? Só se você morar na Lua – arrematou Crepe com graça.

Todos riram. Sol acrescentou:

– Por incrível que pareça, eu moro num lugar ainda mais longe do que a Lua.

– Ahn?! – espantaram-se Crepe, vovó Berta Roberta e tio Mussarela.

Até Doroteia miou de espanto.

– Ele é o Sol! – explicou Mel, a seguir.

– O Sol?! – exclamou vovó Berta Roberta com uma expressão de incredulidade estampada no rosto.

– O Sol? Você quer dizer o Astro-Rei? – espantou-se Crepe, olhando o garoto de alto a baixo. – Como isso é possível?

Mel contou resumidamente os motivos que levaram o Sol a transformar-se em uma criança. Ao fim da explicação, vovó Berta Roberta, tio Mussarela e Crepe estavam boquiabertos, tão boquiabertos que um mosquito entrou na boca do tio Mussarela e por pouco ele não o engoliu.

*As canções "Tudo bem" e "Especial" fazem parte do CD "Criançando" de Meco Simões. (Nota do Autor)

16
Um bom papo sobre Astronomia

Vovó Berta Roberta voltou-se para Sol e disse:

– Meu querido menino, se você é mesmo o Sol, parece-me ser a pessoa ideal para nos falar com precisão sobre o sistema solar e seus planetas.

– Boa ideia – exclamou Mel –, assim poderemos confirmar se os nossos estudos de astronomia estão certos.

– Muito bem – empolgou-se Sol. E após encher os pulmões de ar começou a dar as devidas explicações. Uma verdadeira aula de astronomia.

O sistema solar é composto por nove planetas, são eles:

Mercúrio, o planeta mais próximo do sol, fica a 59 milhões de km de distância da Terra, e tem rotação de 58 dias e 15h. Leva 87,9 dias para completar sua volta ao redor do Sol; e com uma velocidade orbital média de 44,9 km/s;

Vênus, o planeta onde as noites e os dias são mais longos, tem diâmetro de 12.104 km e fica a 108 milhões de km do sol. Tem rotação de 243 dias e leva 224,7 dias para dar a volta ao redor do Astro-Rei com uma velocidade orbital média de 35 km/s;

Marte é conhecido como o planeta vermelho. Fica a 229 milhões de km longe do Sol, com diâmetro de 6.794 km e uma rotação de 24h 37 min 22s. Leva 686,9 dias para completar sua volta em torno do Sol com a velocidade orbital média de 24,14 km/s. Marte possui dois satélites;

Júpiter é o maior planeta do sistema solar com 142. 796 km de diâmetro. Está a 779 milhões de km distante do Sol e demora 11 anos e 314 dias para girar em torno dele com a velocidade média orbital de 13,06 km/s. Tem 17 satélites (17 luas) e anéis em volta dele. Anéis muito tênues, formados provavelmente por poeira fina do espaço;

Saturno é o planeta dos mais belos anéis constituídos por blocos de gelo, poeira e fragmentos minerais! Tem 120.660km de diâmetro, fica a 1 bilhão e 500 milhões de km distante do Sol e leva 29 anos 167 dias para completar sua volta com velocidade orbital média de 9,64 km/s. Possui 18 satélites;

Urano é o planeta deitado. Tem 51.200 km de diâmetro e está a 2 bilhões 870 milhões de km de distância do Sol. Leva 84 anos 7,4 dias para completar sua volta com a velocidade orbital media de 6,81 km/s. Possui 11 anéis muito escuros e finos, de matéria sólida e tem 15 luas, girando ao seu redor;

Netuno tem 48.600 km de diâmetro e fica a 4 bilhões e 500 milhões de km distante do Sol. Leva 164 anos e 280 dias para dar sua volta em torno do Astro-Rei e com uma velocidade orbital média de 5,43 km/s. Tem 8 satélites!;

Plutão é o mais distante do Sol e o menor planeta do sistema solar. É menor que a lua da Terra. Tem 3.000 km de diâmetro e fica a 6 bilhões de km de distância do Astro-Rei. Leva 247 anos e 249 dias para completar sua volta, numa velocidade orbital média de 4,74 km/s. Tem 1 satélite!;

a Terra está distante do Sol na medida exata para que a água e a vida possam existir. Tem 12.756 km de diâmetro, fica a 149,6 milhões de km de distância, com rotação de 23h, 56 min 4 s. Leva 365 dias e 6 h para dar sua volta ao redor do Sol, com velocidade orbital média de 29,79 km/s e tem um satélite natural que é a Lua;

a Lua da Terra gira em torno de si mesma e em torno da Terra. Para completar uma volta em torno da Terra, leva 27 dias, 7 horas e 43 minutos!

Eu, o Sol, tenho 1.390.600 km de diâmetro e viajo a uma velocidade aproximada de 19km/s, em direção à constelação Hércules, arrastando comigo todos os planetas pertencentes ao sistema solar.

Sebastião e Doroteia, deitados numa almofada de veludo ouviam as explicações de Sol com grande interesse, como se estivessem compreendendo tudo que ele estava explicando.

— Bacana! Hoje aprendi muita coisa interessante! — exclamou Amanda.

Crepe olhou para Sol maravilhado e disse:

— É um prazer ter o Sol dentro de casa!

— E, a partir de hoje, você não só terá o Sol dentro de sua casa como também novos amigos — afirmou Sol, radiante.

— Estou muito feliz por vocês me aceitarem como amigo — confessou Crepe emocionado.

— E nós todos iremos ajudar a acabar com a má fama que cerca esta casa! — anunciou Mel com determinação.

Todos aplaudiram a menina. Vovó Berta Roberta pôs-se de pé e disse:

— Vê-lo, Sol, é abraçar a felicidade todos os dias, afinal, o Sol é o que nos alegra, nos dá vida e calor, faz a natureza crescer, alimenta a chama da vida e, a mantém acesa dentro dos nossos corações. Sem o sol não somos nada.

Os olhos de Sol brilharam diante do elogio, como se fossem dois faróis que se acendem em meio à escuridão.

— E agora vou fazer pipoca! — completou a simpática velhinha.

Sol passou a língua ao redor dos lábios e murmurou:

— Pipoca?! Hum... Que delícia!!!

E voltando-se para o tio Mussarela, vovó Berta Roberta sugeriu:

— Mussarela, vá com as crianças até o celeiro buscar um pouco de leite para que eu possa fazer um gostoso leite quente com achocolatado para servir para essa meninada.

Tio Mussarela pôs se de pé, bateu continência e disse em tom de brincadeira:

— É pra já, meu general!

Todos seguiram, empolgados, o simpático senhor até o curral. Sol estava curioso para ver como é que se tira leite da vaca. Algo que também não podia ver direito lá do céu uma vez que o leite era sempre tirado dentro dos currais. Assim que chegaram ao local, tio Mussarela apresentou a vaca que lhes fornecia leite todos os dias:

– Meninos e meninas essa é Doralice, a vaca leiteira mais pomposa da região!

A meninada nunca havia visto uma vaca de porte tão belo e olhar tão simpático. Tio Mussarela preparou todos os apetrechos para tirar o leite e quando tudo estava no seu devido lugar, disse:

– Só há um porém. Doralice só dá leite se a gente cantar para ela.

– Tais brincando? – zombou Bruno.

– Falo sério – afirmou tio Mussarela. – Se todos cantarem comigo, mais bonito vai ficar e quanto mais bonito ficar, mais leite Doralice vai nos dar. Acompanhem-me, a letra da canção é bem fácil. Vamos lá.

O pangaré Mané tem cheiro de chulé
O pangaré Mané é amigo da Lelé
O pangaré Mané gosta muito da Zezé
E o pangaré Mané come milho na colher

O pangaré Mané joga bola tal Pelé
O pangaré Mané também dança iê iê ié!
E o pangaré Mané só solta pum quando bem quer
E o pangaré Mané tem medo de rojão e buscapé

O pangaré Mané é amigo do seu Zé
O pangaré Mané também toma o seu café
E o pangaré Mané pode até dançar balé
E o pangaré Mané pode até dançar axé

E o pangaré Mané não tem medo de mulher
E o pangaré Mané sabe tudo como é
E o pangaré Mané só ouve quando quer
E o pangaré Mané dança até parangolé*

*A canção "Pangaré Mané" faz parte do CD "Cantando com Teobaldo, o elefante" de Meco Simões. (Nota do Autor)

Enquanto cantava, tio Mussarela começou a apertar o úbere da vaca. Sol olhava para ali desconfiado, duvidando que dali pudesse sair alguma gota de leite. Mal pôde acreditar quando viu as primeiras gotas do líquido serem esguichadas, gotas que logo foram enchendo a lata que tio Mussarela havia posto embaixo da vaca.

Assim que terminou de cantar a primeira canção, tio Mussarela começou a cantar uma outra que dizia assim:

"Larinha foi com Luluzinha encontrar Bolinha pra comprar balinha pra festinha!"

A garotada o acompanhava:

"Larinha foi com Luluzinha encontrar Bolinha pra comprar balinha pra festinha!"

Até mesmo Sebastião e Doroteia pareciam estar cantando:

"Larinha foi com Luluzinha encontrar Bolinha pra comprar balinha pra festinha!"

Doralice parecia estar gostando muito da melodia, pois começou a mugir como se estivesse acompanhando a turma na cantoria: mu... mu... mu....

Tio Mussarela deu uma pausa, voltou-se para Sol e disse:

– Venha Sol, agora é a sua vez.

O menino espantou-se:

– Como o senhor sabia que eu estava com vontade de tirar leite da vaca?

– Os olhos muitas vezes falam mais do que palavras – explicou o tio, sorrindo.

Sentindo-se um tanto quanto sem graça, Sol sentou-se no banquinho rente à vaca e conforme as instruções de tio Mussarela começou a apertar o úbere da vaca. No entanto, por falta de experiência, apertou-o de forma errada e o leite foi esguichado todo na sua cara. Todos caíram na gargalhada.

– Tente outra vez – incentivou tio Mussarela.

*A canção "Larinha" faz parte do CD "Cantando com Teobaldo, o elefante" de Meco Simões. (Nota do Autor)

Sol, vermelho de vergonha, tentou novamente. Dessa vez, porém, o leite não só foi esguichado na sua face como nos colegas que estavam ao seu redor.

Sol avermelhou-se como um pimentão.

– É melhor eu desistir – disse ele, sentindo-se como se fosse a última bolacha do pacote.

– Que desistir, que nada! – objetou tio Mussarela. – Não podemos desistir das coisas só porque não deu certo da primeira vez. Precisamos tentar mais vezes se quisermos ser bom em algo. Precisamos persistir.

Tio Mussarela ensinou novamente o menino a tirar o leite e, dessa vez, Sol fez direitinho, no entanto, não saiu uma gota de leite sequer. Tio Mussarela logo compreendeu o porquê: a cantoria havia cessado e imediatamente pediu a todos que recomeçassem a cantar.

Todo mundo tem uma mania...
A da Pita é soltar pipa
Da Joaquina é falar por telepatia
Da Maria é tomar banho de água fria
Ai, ai...

Da Marília é ser Caxias
Do João é soltar bolhas de sabão
Do Juca é assustar a Cuca
Da Bia é levar doces para titia...
Me diz aí, diz aí, diz aí, qual é a sua mania?

A da Bruna é brincar de pique mãe de rua,
A do Lucas é admirar a Lua,
A mania do Bola é jogar bola,
A mania do Bruno é ser bom aluno

A do Enzo é ser intenso
Da Tereza é espantar a tristeza
Do Guto é ser astuto

Do Meco é o bolo peteleco
Me diz aí, diz aí, diz aí, qual é a sua mania?
A do Barnabé é sambar no pé
A do Mané é soltar busca-pé
Do Lelé é dançar arrasta-pé
Do Zezé é comer brigadeiro na colher

Me diz aí, diz aí, diz aí, qual é a sua mania?
Me diz aí, diz aí, diz aí, que você faz de noite e de dia
sempre com muita alegria...

Dito e feito, assim que a música invadiu o curral, Doralice voltou a dar leite. Leite que dessa vez escorreu direitinho para dentro da lata, enchendo Sol de grande satisfação.

Quando a patota chegou à cozinha, vovó Berta Roberta aguardava todos com uma grande vasilha cheia de pipoca quentinha. A turma toda então lavou as mãos na pia como aconselhou a dona da casa e depois sentaram-se todos em volta da grande mesa que havia ali.

Nesse ínterim, vovó pôs o leite, tirado há pouco no fogo e assim que ferveu o adoçou e colocou o achocolatado.

— Não há nada mais gostoso que beber leite fresquinho — disse vovó enquanto enchia os canecos com o leite fumegante e cheiroso.

— Por que o leite ficou marronzinho? — quis saber Sol.

— Porque pus achocolatado nele — explicou vovó Berta Roberta.

— Achocolatado?! — espantou-se Sol.

— Sim. Achocolatado é chocolate em pó que utilizamos para dar mais sabor ao leite.

— É muito gostoso! — confessou Sol, lambendo os beiços.

— E também muito nutritivo.

Até Doroteia serviu-se de leite e Sebastião comeu um pouco de ração.

A simpática senhora inclinou a cabeça, sorrindo, por poder proporcionar tanta alegria às crianças.

Após a garotada dar-se por satisfeita, tio Mussarela convidou todos para visitar o velho farol abandonado que havia nas imediações. Um farol aposentado que só se manteve em pé e em bom estado de conservação graças aos cuidados de tio Mussarela.

– Um farol?! – espantou-se Sol.

– Sim. Um farol de onde se pode ter uma vista panorâmica linda da paisagem da região. Um verdadeiro colírio para os olhos.

– O que estamos esperando?! – exclamou Sol empolgado. – Vamos para lá agorinha mesmo!

A criançada seguiu tio Mussarela até o local, pipocando de entusiasmo e empolgação. Sol com sua luz interior iluminava o caminho. O lugar naquela escuridão tinha uma aparência meio fantasmagórica e o interior do farol um aspecto sinistro. Mas a garotada estava tão empolgada que nem se importou. Haviam apreendido a não se deixar mais abater pelas aparências, a tirar conclusões apressadas.

De fato, a vista do topo do farol era estupidamente linda, confirmaram todos. Principalmente quando tio Mussarela ligou o farol movido a bateria e dirigiu o facho de luz pelas redondezas. A criançada não tinha palavras para expressar seus sentimentos naquele instante tão marcante de suas vidas.

– Agora vou lhes mostrar minha querida e estimada amiga Divina – anunciou tio Mussarela.

– Divina? – espantou-se Amanda.

– Sim – respondeu tio Mussarela, dirigindo a luz projetada pelo canhão para a prainha onde a patota havia estado e vivido aquele episódio com as estrelas do mar e a estrela brilhante.

– Lá está ela! – informou tio Mussarela com grande satisfação.

A criançada mal podia acreditar no que seus olhos viam, a amiga do tio Mussarela era nada mais nada menos que uma baleia. Uma enorme baleia azul.

– Mas Divina é... – murmurou Amanda boquiaberta.

– Sim, uma baleia! – completou tio Mussarela orgulhosamente.

– O senhor tem uma baleia de estimação? – perguntou Bruno, estupefato.

– Bem... ela não é de estimação. É uma amiga – explicou tio Mussarela. – Nos tornamos amigos após eu tê-la salvo. A pobre coitada ficou encalhada naquela pequena prainha e se eu não a tivesse ajudado voltar para o mar, a pobrezinha, teria morrido. Desde então, Divina, jamais deixou de me visitar toda vez que vou à prainha, tomar banho de sol.

– O senhor gastou seu tempo para salvar uma baleia?! – perguntou Bruno deveras surpreso.

– É lógico que sim, meu camarada. Devemos ajudar o próximo e esse próximo inclui todos os seres vivos que habitam a face da Terra.

Bruno refletiu sobre as sábias palavras de tio Mussarela.

– Batizei a baleia com o nome de Divina – continuou o simpático Mussarela –, por ela ser simplesmente d-i-v-i-n-a!!! Ficamos tão amigos que aprendi até a me comunicar com ela. Sinto-me agora como se eu fosse um Tarzan capaz de me comunicar com os animais.

As crianças riram e exigiram ver a baleia de pertinho.

– O desejo de vocês é uma ordem! – respondeu tio Mussarela, engrossando a voz para parecer o gênio de Aladim.

Assim todos partiram de volta para a prainha de onde haviam resgatado a estrela do céu. Agora, porém, com a intenção de conhecer Divina, a baleia que se tornara amicíssima de tio Mussarela.

– Só não consigo compreender por que quando a gente esteve hoje na prainha nenhum de nós viu a baleia – comentou Pitágoras.

– Não viram porque eu aconselhei Divina a se esconder toda vez que percebesse a chegada de alguém nas imediações. É uma forma de protegê-la de pescadores e caçadores desalmados – explicou tio Mussarela.

Assim que a patota pisou na prainha, tio Mussarela deu um longo e agudo assovio, era seu modo de avisar Divina que ele estava na praia. Naquele mesmo instante ela emergiu da água e seguiu para as margens da pequena praia no meio do morro. Todos ficaram mais uma vez surpresos por ver uma baleia atender ao chamado de um assovio e com tanta rapidez.

– Posso tocá-la? – perguntou Sol.

– Por favor – permitiu tio Mussarela.

O menino tocou a baleia com cuidado e de forma bastante carinhosa. Surpreendeu-se com a maciez da sua pele.

– É tão lisinha – comentou maravilhado.

Mel foi a próxima a tocar Divina, seguida por Amanda, Pitágoras, Bruno e Crepe.

Era gostoso deslizar a mão por sobre a pele da baleia. Gostoso e relaxante.

Tio Mussarela disse a seguir:

— Eu sempre tive vontade de surfar...

— S-u-r-f-a-r?! — espantaram-se todos mais uma vez com o tio de Crepe.

— Sim. Muita vontade. E foi Divina quem me permitiu realizar meu sonho.

— Divina?!

— Sim. Ela disse para eu subir nas costas dela que ela seria a minha prancha de surfe. Aceitei o convite. Desde então, sempre que posso, surfo nas costas da Divina.

— O senhor surfa nas costas de uma baleia? — perguntaram todos ao mesmo tempo.

— YES! — respondeu tio Mussarela em inglês com sotaque britânico. — E se vocês quiserem, podem surfar comigo! Que tal?!

A meninada se entreolhou enquanto sentiam uma vontade imensa formigar por seus interiores.

— Oh, yes! — acabaram respondendo todos em uníssono.

Com a ajuda do tio, a meninada subiu nas costas da baleia e, minutos depois, surfavam com ela por entre as belas ondas do mar.

Divina deslizava sobre as águas com tamanha facilidade e graça que parecia de fato uma prancha de surfe, não uma qualquer mas uma baita prancha.

As crianças estavam literalmente espantadas com a disposição, desembaraço, vitalidade e saúde de tio Mussarela. Era mais que espanto: era admiração e encanto.

Todos almejaram no íntimo chegar àquela idade tal e qual a ele, ou seja, cheio de vitalidade, saúde, bom humor e disposição, sempre disposto a cantar, brincar, tirar o leite da vaca e até mesmo, quem sabe, terem uma baleia tão bela quanto Divina, como um de seus melhores amigos.

Enquanto isso no espaço sideral, os planetas e a Lua observavam maravilhados as peripécias de Sol e de seus amigos, alguns já sentindo uma baita inveja dele, loucos de vontade de estar ali com ele na Terra, participando de toda aquela aventura.

As estrelas brilhavam mais fortes, tamanha empolgação por ver o Astro-Rei transformado em menino, vivendo todas aquelas experiências fantásticas. Experiências que muitas vezes o ser humano deixa passar, não dá a devida importância, não valoriza e tampouco aproveita, o que é uma pena, pois Deus criou o mundo com todos esses aparatos para alegrar a vida do ser humano.

No íntimo todos os planetas, luas e estrelas, até mesmo os cometas sentiam vontade de se transformar num ser humano para poder conhecer a Terra de pertinho, uma vontade que guardavam dentro de si há muito tempo, a sete chaves, por receio de serem chamados de loucos.

Depois de pegarem uma onda como se diz na gíria, a turma voltou para a casa da família de Crepe.

– O que se passa nessa cabecinha? – perguntou Mel, olhando com carinho Sol que parecia com a mente longe naquele instante.

Sol riu alegre e disse:

– A vida na Terra é fantástica. Quanta coisa bonita vocês têm para transformar seus dias em grandes dias. Em alegres aventuras. Em alegres experiências. Um mar lindo repleto de peixes, um céu maravilhoso repleto de estrelas cintilantes, comidas saborosas, amigos bacanas, animais de estimação inseparáveis, vacas que dão leite saborosos, chuva que cai e refresca o dia, e o que é mais importante amigos para o que der e vier, amigos do peito.

– Infelizmente, Sol, muita gente não dá valor para nada disso que a vida na Terra tem a nos oferecer. Fecham-se dentro de suas casas, dentro dos seus locais de trabalho, dentro do passado que não passou, de rancores e mau humores e esquecem-se de usufruir de todo esse presente que Deus nos deu, o qual torna o nosso tempo presente um presentão. Se todos valorizassem mais o que Deus nos dá, as coisas simples da vida, agradecessem a Ele, seriam mais felizes ou felizes, enfim.

17
A emboscada

Pelo caminho Mel disse:

– Precisamos ir, pessoal, quero muito que Sol conheça o parquinho da cidade para que possa brincar no escorrega, na gangorra e no balanço. Passaremos em casa, apanharemos nossas bicicletas, com elas chegaremos mais rápido à cidade.

Voltando-se para Crepe, a menina perguntou:

– Você tem bicicleta, Crepe?

– Sim – respondeu o menino.

– Então, pegue-a e venha conosco. Quanto mais amigos, mais divertidas se tornam as brincadeiras e os passeios.

Crepe adorou a ideia.

Após se despedirem da vovó Berta Roberta, do tio Mussarela e da gata Doroteia a patota estava pronta para seguir caminho. No entanto, ao saírem da casa, tiveram uma desagradável surpresa.

– Não se mexam! – disse uma voz grossa, por meio de um megafone.

A criançada arregalou os olhos, assustada. Havia um carro parado a poucos metros da casa com o farol alto ligado voltado na direção da casa.

– O que está acontecendo? – alarmou-se Bruno.

– É a polícia! – respondeu a voz por meio do megafone. – Mãos ao alto!

Foi só nesse momento que a patota avistou o delegado da cidade e ao lado dele Gumercindo Epaminondas.

O vizinho rabugento foi logo perguntando com sua voz arranhada e gutural:

– Cadê ele? Cadê ele?

Sol olhou para Mel com certa aflição. Mel dirigia a ele, um olhar protetor e ansioso. Será que eles haviam descoberto sobre a transformação do Sol em criança?! Se sim, a descoberta causaria muita confusão. Mel cruzou os dedos, torcendo para que não.

– Cadê ele? Eu vi! Eu vi!!! – repetia Gumercindo Epaminondas, falando bem alto como se dirigisse a um surdo.

– Viu o quê? – perguntou Pitágoras.

– Eu vi um fantasma iluminado, andando pela mata e depois dançando na chuva. E meu querido, meigo e amado Piti Bu Bu também viu. Não é, meu bichinho?!

Piti Bu Bu rosnou como quem diz "é!".

Havia agora um sorriso de triunfo no rosto enrugado de Gumercindo Epaminondas, as narinas do nariz acavalado estavam exultantemente dilatadas devido à comoção.

– Mas esse pessoal não é fantasma, meu senhor, são apenas um bando de crianças – observou o delegado.

– Não se deixe levar pelas aparências, delegado.

– Esse senhor está vendo coisas – argumentou Pitágoras, aproximando-se da autoridade.

– Se estou dizendo que vi um fantasma brilhante, andando por essas bandas há menos de duas horas é porque vi! – berrou Gumercindo Epaminondas, batendo os pés no chão como faz uma criança birrenta quando quer algo e não consegue.

Foi nesse exato momento que tio Mussarela e vovó Berta Roberta se juntaram à turma.

– Vá desembuchando, seu velho maluco! – esbravejou Gumercindo Epaminondas para o tio Mussarela.

– Vou sim, mas antes o senhor terá de explicar para o delegado porque cortou os nossos fios de telefone e de eletricidade, derrubando aquela árvore sobre os fios! – desafiou tio Mussarela.

O maxilar de Gumercindo Epaminondas enrijeceu. Por trás das lentes grossas de seus óculos meia-lua, havia agora um par de olhos, faiscando de raiva. O senhor rabugento parecia prestes a agredir tio Mussarela.

— Não tente fugir do assunto — vociferou Gumercindo, voltando a olhar para todos com expressão inflamada. — Um de vocês é o fantasma que eu e Piti Bu Bu vimos!

— Não há fantasma algum por aqui, meu senhor — explicou Crepe, sem faltar à verdade.

— Quem é você? — perguntou o policial, dirigindo um olhar curioso para o garotinho de aspecto sombrio.

— Sou Crepe, moro nesta casa! — explicou o menino, apontando com o dedinho sua morada.

— N-nessa c-casa?! — espantou-se o delegado, começando a morder nervosamente o lábio inferior. Ele também já havia ouvido os boatos sobre assombração que cercava a casa da família de Crepe. Por um momento vertiginoso o delegado não podia respirar, tamanho o pavor e receio de estar pela primeira vez de fato diante de um fantasma.

A cor desapareceu violentamente de seu rosto quando ele foi saindo de fininho, andando de costas, com seu rosto cada vez mais transtornado pelo medo.

Ao ver o delegado se afastando discretamente do local em que se encontrava e começando a tremer feito gelatina, Gumercindo Epaminondas retomou aquele seu ar de coruja e berrou:

— O senhor não está com medo, está, seu molenga?!

O policial não respondeu, entrou no carro, ligou o motor, pisou fundo no acelerador e partiu, rangendo os pneus.

Gumercindo estava furioso, apertava as mãos, esforçando-se por controlar os nervos.

— São todos uns covardes, isso sim! — praguejou entre dentes. — Vocês ainda irão precisar de mim!

E voltando-se para a patota, Gumercindo lançou-lhe uma olhada astuta, enviesada e ordenou:

— Vá Piti Bu Bu, cheire toda essa garotada abelhuda e descubra qual deles é o fantasma!

Gumercindo Epaminondas soltou a cordinha que prendia seu cão e ele disparou rumo à criançada, latindo e mostrando os dentes. Ao ver o cão, vindo na sua direção, Sol ficou petrificado sem saber que atitude tomar.

Foi então que Doroteia pulou na frente do Sol, soltando um miado ardido e asqueroso. Piti Bu Bu rodou nos calcanhares no mesmo instante em que a viu, voltou para o local onde se encontrava seu dono, escondendo-se atrás de suas pernas e grunhindo de medo.

– Que vergonha, Piti Bu Bu! Onde já se viu um cão do seu porte ter medo de uma gatinha mirrada e feia como aquela?! – lamentou Gumercindo, decepcionado.

Enquanto Gumercindo repreendia seu cão, a garotada aproveitou para sair dali de fininho e tomar o rumo da chácara de Mel para poderem pegar suas bicicletas e, com elas, seguirem para a cidade de Girassóis para que Sol pudesse conhecer o playgound que havia por lá e outros pontos interessantes do lugar.

18
Divertindo-se no parquinho

Na casa de Mel, a galera pegou suas bicicletas e rumou para o parquinho da cidade. Crepe levava Pitágoras na garupa para que Sol pudesse ir dirigindo sua bicicleta. Apesar de nunca ter pedalado uma antes, Sol aprendeu rapidinho, graças, com certeza à sua habilidade de se equilibrar no universo.

O que Sol mais apreciou durante o trajeto foi o ventinho gostoso que acariciava sua face. No meio do caminho, Pitágoras disse:

– Vou até a minha casa buscar algo para o nosso amigo Sol experimentar! Encontramos com vocês lá no playground.

E sem mais delongas Pitágoras partiu para a sua casa na companhia de Crepe.

– O que será que estes dois estão tramando? – inquiriu Amanda curiosa.

Cinco minutos depois a turma chegou ao playground. Os olhos de Sol brilharam ao se ver ali.

– Um playground como eu sempre sonhei um dia conhecer! – murmurou ele com voz embargada de emoção.

– Venha, vamos brincar na gangorra – convidou Mel.

Sol adorou o convite. Cada um sentou numa ponta do brinquedo e começaram a impulsioná-lo quando seus pés tocavam o chão. O sobe e desce da gangorra dava um friozinho na barriga de Sol, uma sensação gostosa, diferente.

Enquanto isso Bruno e Amanda brincavam no gira-gira.

Conforme a gangorra subia e descia, Sol observava Mel com atenção. Seus cabelos longos, claros e esvoaçantes com o vento deixavam a menina ainda mais linda. Linda como sua personalidade, seu caráter, sua polidez.

Sol não havia se dado conta até aquele momento do quanto ele gostava de Mel, sentia por ela algo especial, algo que não sabia definir em palavras. Talvez gostasse dela tanto assim por ela gostar imensamente do sistema solar onde ele vivia, acreditou.

Uma coisa era certa, ele haveria de sentir muito a falta da companhia da amiga que fizera na Terra quando regressasse para o seu lugar no céu.

Mel também observava Sol com grande interesse. Sabia que jamais gostara de alguém tanto quanto gostava dele apesar de conhecê-lo há tão pouco tempo.

Se bem que não era correto dizer que conhecia Sol por pouco tempo. Somente o Sol em forma de criança é que ela conhecia há pouco tempo. O Sol, a estrela, ela já conhecia há anos desde que se dera por gente.

Ela sempre amara o Sol de paixão. Sentia-se feliz toda vez que se deparava com ele pela manhã, chegando até a conversar com ele.

Sempre lhe fora muito grata por ele dar a luz ao dia e aquecer os seres humanos. Por dar a todos o verão no qual todos podem curtir uma praia, uma piscina, um bronzeado...

Mel era grata ao Sol também por ele despertar no interior de cada um a alegria de viver, espantar a tristeza, por ser, sem dúvida alguma, um dos melhores amigos que os seres vivos têm deste cosmos infinito.

Para Mel aquele encontro com o garoto Sol parecia ser um sonho... Um sonho do qual não queria despertar jamais. No entanto era preciso, pois em breve, Sol teria que partir da Terra, algo que ela não queria, mas que era preciso caso quisesse voltar a ter o Sol no céu e toda a alegria que ele dá a todo ser vivo do planeta.

Sem o Sol tudo em breve morreria, uma vez que o seu calor é o que faz tudo na natureza crescer.

O sol, percebia ela agora, era, sem dúvida alguma, tão importante quanto o ar que respiramos.

Ainda que Mel tivesse consciência do quanto era importante que o Sol voltasse a ocupar seu posto no céu, ainda assim, ela desejava que ele ficasse na Terra por mais tempo, se não por alguns dias, pelo menos por mais algumas horas.

No entanto, lembrou-se ela, para aquilo acontecer seria preciso um grande sacrifício por parte da Lua. A pobrezinha deveria estar fazendo uma tremenda força para permanecer parada naquela posição por mais tempo que o normal.

O jeito era ir se acostumando com a ideia de que Sol dentro em breve partiria ainda que isso fosse doloroso tal como uma dor de dente. Quando isso acontecesse, ela haveria de se comunicar com ele de uma forma mais condizente com a realidade que o cerca.

Ela jamais se esqueceria desse grande encontro... Lembrar-se-ia eternamente dele com carinho.

Mel foi despertada de seus pensamentos, ao se deparar com Sol, sorrindo para ela. Um sorriso tímido e ao mesmo tempo encantador.

Ambos ficaram ligeiramente rubros, certos de que sabiam o que se passava por seus pensamentos e em seus corações.

Amanda e Bruno observavam Sol e Mel a certa distância.

– Sol e Mel se gostam muito – comentou Amanda com o amigo.

– Já deu para perceber – concordou Bruno.

– Os dois formariam um belo casal.

Bruno fez uma careta engraçada enquanto murmurava entre dentes:

– Garotas...

Amanda não se deixou intimidar, disse:

– Mel sentirá muito a falta do Sol... Se bem que eu também.

– É verdade, todos nós sentiremos!

– Que pena que ele tem de voltar para o céu – lamentou Amanda, fazendo beicinho.

– É a vida, o que se há de fazer...

Amanda enxugou as lágrimas que invadiram seus olhos. Bruno fez o mesmo, discretamente para que a amiga não visse, afinal, para ele, homem que é homem não chora.

A atenção de Sol foi despertada pela voz forte de Bruno tal e qual um trovão, dizendo:

– Ei, Sol, venha experimentar agora o balanço!

Convite aceito. Sol deixou a gangorra e correu para lá. Assim que se sentou na cadeirinha do balanço, Bruno começou a balançar o amigo.

– Upa! Que legal! – urrou Sol, fechando os olhos, ligado no ventinho gostoso que o vai e vem do balanço provocava em sua pele e no friozinho na barriga que mais parecia um dos dedos da mão a lhe fazer cócegas.

19
Uma conversa entre amigos

Enquanto isso, lá no céu, os planetas conversavam.

– Vejam como o Sol está se divertindo, pacas! – comentou Vênus, emocionada.

– O quê? – perguntou Urano sem entender.

– Ela disse que o Sol está se divertindo muito lá na Terra! – repetiu Júpiter, elevando a voz.

Muitos poderiam pensar que Urano tivesse deficiência auditiva, mas não, o pobre coitado ouvia mal devido à distância que se encontrava dos demais. Afinal ele era o planeta que ficava mais distante da órbita do Sol.

– Onde está o Sol agora? – quis saber Plutão com seu vozeirão de tenor.

– Estão num playground – respondeu Júpiter animado.

– Playground?! O que é isso?

– É um lugar onde há brinquedos para as crianças brincarem e se divertirem – explicou o planeta grandalhão.

Então subitamente Júpiter começou a rir como uma hiena.

– O que foi, Júpiter, por que está rindo assim? Se um dos planetas contou uma piada, eu não ouvi – disse Vênus.

– É que estou imaginando o que acontecerá se o Sol resolver ficar lá na Terra! – explicou o planeta risonho.

– Ficar na Terra? – chocou-se Vênus. – O Sol não seria louco de ficar por lá!

– Ora, por que não?! – desafiou Júpiter. – Quem se diverte assim, não quer mais parar de se divertir...

– Isso é verdade! – concordou Mercúrio.

– Se o Sol não retornar para cá, o sistema solar nunca mais será o mesmo! – lamentou Netuno.

– É lógico que o Sol voltará para cá! – afirmou Saturno carrancudo. – Ele não seria irresponsável e inconsequente. Ele sabe muito bem as consequências negativas, devastadoras que sua ausência no sistema solar provocaria em todos nós.

– Mas e se ele... – sugeriu Júpiter, deixando a frase incompleta no ar.

– E se ele... – Plutão ficou curioso.

– E se ele se apaixonar?! – explicou Júpiter, por fim.

– Apaixonar-se?! – exaltou-se Saturno, girando seus anéis de forma espalhafatosa.

– Sim – afirmou o planeta bem-humorado, dando uma piscadela maliciosa para Marte.

– É possível, não é possível, Dona Vênus, que o Sol se apaixone?!

Vênus refletiu por instantes, por fim disse:

– É uma possibilidade que não pode ser descartada. A alma humana, cedo ou tarde, apaixona-se, porque a paixão, o amor é o que move tudo no planeta, é o que dá maior sentido à vida.

Saturno que já estava zonzo de tanto que seus anéis rodopiavam, protestou:

– Que amor que nada, o que move o planeta Terra é o trabalho!

– Nada disso – atalhou Urano. – O que move a vida na Terra é o intelecto!

– Que nada! – manifestou-se Mercúrio. – O que move a vida na Terra é o conhecimento, a busca pela sabedoria!

– Pois vocês estão todos enganados – retificou Júpiter, atiçado. – O que move a vida na Terra é o humor, a aventura!

– Que nada! – discordou Netuno. – É a música, a arte em todas as suas diferentes formas.

– Sinto desapontá-los, mas tudo isso que vocês afirmam mover a vida na Terra é também movido pelo amor – afirmou Vênus. – Você tem que amar seu trabalho se quiser prosperar nele. Tem de amar o conhecimento se quiser tornar-se mais sábio. Amar os estudos se quiser ser um bom aluno. Amar seu físico se quiser que ele se mantenha em forma e saudável. Porque só quem ama, cuida. Você tem de amar o próximo se quiser viver em paz com ele. Amar a natureza se quiser que ela se mantenha sem poluição, por exemplo. Pois quem ama cuida. Por isso digo que o amor é o que move tudo na Terra, equilibra, e é, no fim de tudo o que há de mais importante na vida.

— A Lua e Vênus só pensam em amor, amor, amor... — caçoou Saturno, irritado.

Sem dar ouvidos ao planeta resmungão, a Lua disse num tom preocupado:

— Espero que o Sol se lembre do horário e do local combinado para regressar ao sistema solar. Do contrário, todos na Terra perceberão que ele desapareceu do universo e entrarão em pânico!

— É verdade... — concordou Plutão, agora deveras preocupado.

— Sol está tão entretido na sua aventura com seus amigos que receio que ele se esqueça desse pequeno detalhe — comentou Júpiter, querendo preocupar os demais, principalmente Saturno e Plutão, só para se divertir com o jeitão que os dois adquirem diante de algo preocupante como aquilo.

— E tem mais — lembrou Júpiter —, se o Sol não regressar ao local e horário marcados para voltar para cá, ficará preso na Terra como ser humano para sempre!

— Talvez seja melhor mandar-lhe um aviso, um lembrete! — sugeriu a Lua.

— Boa ideia! — alegrou-se Plutão.

— Como faríamos isso? E qual seria esse aviso? — quis saber Vênus, mal se contendo de ansiedade.

— Temos de refletir... — falou a Lua, caindo em profunda reflexão.

Todos refletiram.

Foi então que subitamente Vênus soltou um grito agudo e histérico. Todos voltaram-se para ela, assustados com sua reação. O belo planeta vermelho estava transfigurado, tomado de pavor e choque.

— O que foi? — perguntaram Júpiter e Mercúrio aflitos.

— Um dos satélites artificiais da Terra... — tentou explicar Vênus, atropelando as palavras. — Está se aproximando de nós!

— Um satélite? — espantou-se Marte. — E daí?! Qual o problema? Eles sempre transitam por entre nós!

— O satélite fotografa tudo por onde passa e vai fotografar o sistema solar sem a presença do Sol, denunciando aos habitantes da Terra sua ausência — explicou Vênus, apavorada. — Temos de fazer alguma coisa para impedir que isso aconteça! Mas o quê?

— Já sei! — berrou Mercúrio meio minuto depois. — Precisamos desviar a atenção do satélite para outro lugar que não seja o lugar que ocupava o Sol.

— Como?! — indagaram todos ansiosos.

A resposta de Mercúrio estava na ponta da língua:

— Júpiter, rode seus anéis com bastante rapidez. Assim, chamará a atenção do satélite, ele não vai conseguir despregar os olhos de você e, com isso, não registrará a falta do nosso amigo Sol.

— Boa ideia! — concordou Júpiter eufórico e sem mais diz que diz começou a rodopiar seus anéis a toda velocidade, parecendo de longe um carrossel feito de poeira cósmica.

Dito e feito. O fenômeno prendeu a atenção do satélite, impedindo-o de focar sua lente para o local onde o Sol costuma ficar e assim sua ausência não foi registrada.

Os planetas suspiraram aliviados.

20
Bebê a bordo

Pitágoras e Crepe juntaram-se novamente ao grupo, trazendo consigo uma imensa sacola de onde Pitágoras tirou um skate.

— Venha, Sol! — chamou o pequeno detetive. — Você não pode partir da Terra sem antes andar de skate.

— Um skate! Eu sempre quis andar num! — exclamou Sol, eufórico.

— E esta é sua chance! — salientou Pitágoras, estufando o peito de satisfação por poder propiciar ao amigo Sol tamanha alegria.

A seguir a turma ensinou Sol como se faz para se equilibrar em um skate e Sol tentou, andou e adorou.

— Agora é a sua vez de andar de patins! — anunciou Pitágoras, tirando de dentro da sacola um par deles.

— Patins?! — exclamou Sol, elétrico e maravilhado.

Sol gostou tanto de patinar que não queria mais parar.

— Agora venha — disse Bruno, pegando no braço do amigo.

— Ir?! Aonde?! — quis saber Sol.

— Tenho uma surpresa para você! — explicou o menino, fazendo mistério.

Cada qual pegou sua bicicleta e seguiu Bruno por alguns quarteirões até chegar ao local desejado.

Sol mal podia acreditar no que seus olhos viam. Diante dele havia um imenso balão.

— Meu pai aluga o balão para as pessoas, principalmente aos turistas para darem voltas — explicou Bruno.

— É mesmo?!

— Sim, senhor... Agora venha, vamos dar uma volta.

Somente Sol, Mel e Bruno entraram no balão. Pitágoras, Crepe e Amanda ficaram em solo firme para dar corda para o balão subir, pois ele era preso a uma corda para poder trazê-lo de volta ao chão quando fosse necessário.

Amanda não quis ir junto, pois morria de medo de voar naquilo que chamava de geringonça.

O balão foi subindo e ganhando altura até onde a corda lhe permitia subir. Apesar da ausência da luz solar sobre a Terra, Sol podia contemplar a bela vista que se tinha da cidade e seus arredores dali.

Tudo ia bem até que de repente algo inesperado aconteceu. Para espanto de todos, a corda que segurava o balão arrebentou e o balão ficou solto no ar à mercê dos ventos.

Amanda, Pitágoras e Crepe correram atrás da ponta da corda na esperança de agarrá-la, infelizmente o esforço foi em vão, a corda escapou de suas mãos.

– E agora como é que vamos voltar para o solo? – quis saber Mel, ligeiramente apreensiva.

– Acalmem-se deve haver um jeito – respondeu Bruno sem muita fé nas suas próprias palavras.

– Espero que haja mesmo, caso contrário o Sol não poderá estar no local onde tem de estar para poder retornar ao seu lugar no céu! – observou Mel, preocupada.

– Acalme-se, tudo vai acabar bem... – disse Sol, confortando a amiga num abraço carinhoso.

O balão sendo empurrado pelo vento, seguiu em direção à encosta do morro. A vista que se tinha dali era tão linda e o passeio tão contagiante que Sol acabou se esquecendo do perigo que estavam passando.

Foi então que algo que se encontrava em solo firme chamou atenção de Sol. Era um homem parado rente a um carro, acenando para o balão.

– Quem são? – perguntou Sol.

– Eu não sei, mas parece que estão pedindo socorro – disse Mel preocupada.

– Como socorrê-los se nós também precisamos de socorro? – indagou Bruno.

— Só se o homem conseguir alcançar a ponta da corda que prende o balão e nos puxar para baixo — observou Mel.

E foi exatamente o que o sujeito fez. Assim que avistou a ponta da corda fez o possível e o impossível para apanhá-la. Foi preciso subir no capô do carro para poder segurá-la.

Assim que a agarrou, puxou com toda sua força o balão até solo firme e assim que pousou, as crianças deram um urro de alegria. Saltaram de dentro do balão e correram na direção do rapaz.

— O senhor nos salvou, muito obrigado — agradeceu Bruno, abraçando o cidadão com profunda gratidão.

As bochechas de todos ali estavam vermelhas como tomate, riscadas de lágrimas, tamanha a emoção que o salvamento lhes causou.

— Que bom ver vocês, crianças! Meu nome é Leandro. Vocês não fazem ideia do quanto me faz feliz tê-los encontrado.

Leandro era uma rapaz forte, alto, de olhos gris, cabelos castanhos ondulados, queixo quadrado e um sorriso cativante.

— Estava a caminho do hospital — prosseguiu ele —, levando minha esposa para ganhar nosso bebê quando o carro atolou numa das poças deixadas pela chuva que caiu horas atrás. Precisamos chegar ao hospital urgentemente. Será que podemos pegar carona no seu balão?

— É lógico que podem se soubéssemos como fazê-lo pousar depois de levantar voo — explicou Bruno.

— Mas não podemos ficar aqui... nós temos de chegar ao hospital urgentemente!

A voz de Leandro estava trêmula agora, revelando profundo desespero.

— Eu sinto muito... Se subirmos não há como descermos — reforçou Bruno com profundo pesar.

A tristeza tomou conta de todos ali, mas foi temporária. Leandro logo teve uma ideia. Com alegria explicou:

— Já sei como podemos fazer para que o balão pouse novamente em terra firme. Amarrando um gancho igual o do Capitão Gancho da história de Peter Pan na ponta da corda, poderemos prendê-lo ao tronco de uma árvore, por exemplo, tal como faz a âncora dos navios e assim puxar o balão de volta para o solo.

— É uma boa ideia, mas ainda arriscada — lamentou Bruno.

— Precisamos correr esse risco — afirmou o homem —, minha mulher precisa chegar ao hospital com urgência.

O homem foi até o porta-malas do carro de onde tirou algo que em pouco tempo se transformou num gancho com a ajuda das próprias mãos.

— Forte o senhor, hein?! — observou Sol, admirado.

— Faço musculação. Por isso tenho força e vigor. É uma atividade física importante para momentos como esse — Leandro explicou.

Sol constatou mais uma vez o quão importante é a prática de atividades físicas na vida dos seres humanos.

O marido correu até a esposa, afastou o cabelo da testa de sua amada e disse:

— Fique tranquila, minha querida, tudo vai acabar bem. Nosso bebê vai nascer são e salvo.

A esposa procurou sorrir enquanto lágrimas atravessavam seus olhos.

Voltando-se para as crianças, Leandro apresentou a esposa:

— Esta é a Júlia.

Júlia tornou a sorrir com esforço, uma vez que as contrações estavam cada vez mais fortes.

Com a ajuda do marido, ela entrou no balão. A meninada entrou a seguir e sem mais delongas o futuro papai soltou o balão que logo foi subindo em direção ao céu para a alegria e alívio de todos.

Sol estava deveras maravilhado por ver uma mulher grávida tão de pertinho. Era difícil para ele acreditar que dentro dela havia um bebê prestes a nascer. Parecia mais que ela havia engolido uma melancia ou uma bola de basquete ou de capotão.

Quando o balão cruzou o céu sobre a cidade, Pitágoras, Crepe, Sebastião e Amanda ficaram felizes por saber que os amigos estavam bem. Ao mesmo tempo espantados e preocupados por perceberem que havia mais gente com eles dentro da cabine do balão.

— What's going on?! — inquiriu Pitágoras, apertando os olhos para ver melhor.

— Nem nosso grande pequeno detetive é capaz de desvendar esse mistério dessa vez! – desafiou Amanda, olhando maliciosamente para o menino.

– Sou, sim – afirmou Pitágoras confiante. – Deve ser alguém que precisa chegar urgentemente ao hospital, pois eles estão rumando para lá!

– Não é que Pitágoras tem razão? – espantou-se Crepe.

– Será que alguém se machucou? – preocupou-se Amanda.

– Só pode! E agora o que faremos?! – agitou-se Crepe, ligeiramente preocupado.

– Seguiremos para o hospital – aconselhou Pitágoras, parecendo tão equilibrado quanto um trapezista na corda bamba.

E foi exatamente o que a patota fez a seguir.

Assim que o balão sobrevoou o hospital, Leandro arremessou a corda com o gancho amarrado na ponta como havia planejado. Infelizmente, ela não atingiu o alvo. Leandro tentou mais uma vez, mas sem sucesso.

– Pensamento positivo. Não entreguemos o jogo no primeiro tempo. Nós vamos conseguir! – afirmou Sol, com otimismo.

Ao tentar novamente, o gancho enroscou na parte inferior da cabine do balão, do lado de fora.

– Gente! E agora?! – exclamou Bruno, olhos dilatados, branco feito cera.

– Agora estamos perdidos – lamentou Leandro, arrasado.

– Não, ainda! – exclamou Sol confiante. – Alguém precisa soltar o gancho e esse alguém sou eu.

Todos se opuseram no mesmo instante à ideia.

– Não vá, Sol, é perigoso demais. Você pode cair e uma queda dessas alturas seria fatal.

– Tenho de ir – afirmou o garoto com determinação. – Todos nós dependemos desse gesto meu. Não se esqueçam de que um bebê está prestes a nascer.

Sem mais delongas Sol se esgueirou para fora da cabine do balão, procurando não olhar para baixo, para não sentir vertigem. Segurando nas amarrações que ficam do lado externo da cabine, conseguiu se curvar e alcançar o gancho e desprendê-lo.

– Consegui! – gritou Sol.

— Oba! — gritaram todos, aliviados.

Com cuidado Sol voltou para dentro da cabine do balão onde foi recebido com uma baita salva de palmas e muitos elogios. Ele agradeceu a todos e foi ele dessa vez quem tentou lançar a corda com o gancho preso na ponta, em direção dos galhos das árvores que havia no jardim que cercava o hospital.

Dessa vez, para a alegria de todos, os ventos e a sorte sopraram a seu favor. O gancho se prendeu num dos galhos e assim, com toda sua força, Leandro puxou o balão de volta para o solo.

Nesse momento alguns homens que estavam perambulando pelos arredores do hospital, correram para ajudar a trazer o balão para terra firme.

Assim que pôde, Mel saltou de dentro do balão e correu para chamar um médico e enfermeiros.

A equipe chegou, trazendo uma maca. Assim que ajeitaram Júlia, levaram-na para dentro do hospital, seguidos pelas crianças.

Em minutos a mulher entrou em trabalho de parto. Através de uma janela de vidro as crianças acompanharam o nascimento do bebê. Ao vê-lo, Sol arrepiou-se de emoção. Jamais em todos os seus milênios de existência pensou viver um momento tão marcante como aquele. Sentir na pele a emoção quando se ajuda alguém a resolver um problema e, principalmente, dar à luz a uma criança.

Leandro juntou-se a eles a seguir e assim que avistou o recém-nascido nos braços da enfermeira, seu coração bateu mais forte e seus olhos encheram-se de lágrimas.

— É um menino — disse a enfermeira.

Leandro agora se sentia um idiota; ria e chorava ao mesmo tempo.

A criançada também. Lágrimas de alegria, lágrimas de emoção também atravessavam seus olhos e se misturavam a um riso de alegria, um riso de emoção.

Assim que Júlia saiu da sala, o marido foi até ela, inclinou-se e beijou-a na testa. Seus lábios transmitiram o calor e toda a doce cumplicidade que só um casal que se ama de verdade pode compartilhar.

— Está tudo bem, meu amor. Tudo bem... — disse ele com um

sorriso.

A verdade contida naquela simples sentença fez com que ela se sentisse ainda mais completa. Quis ter uma palavra com o menino de olhos cor do mar.

Ela o fitou em silêncio por instantes, sentindo seu coração se envolver de alegria, amor e gratidão. Então disse:

– Você salvou a vida do meu bebê.

Os lábios dela tremiam enquanto lágrimas desciam por seu rosto.

– Serei eternamente grata a você. Em sua homenagem darei seu nome ao meu filho. Ele se chamará Sol.

Sol ficou ainda mais emocionado e mais lágrimas caíram de seus olhos azuis, bonitos da cor do mar. Sua voz se reduziu a um sussurro que apenas Júlia conseguiu ouvir:

– Fiz apenas o meu dever...

Júlia pegou na mão do menino e a apertou, abrindo um novo sorriso para todos.

Sol curvou-se sobre o bebê para poder vê-lo melhor e com a ponta do dedo indicador tocou sua mãozinha.

Diante daquele episódio o garoto Sol já não sabia dizer mais qual de todas as experiências que tinha vivido desde que pisou na Terra era a mais fantástica. Só sabia dizer que viver na Terra, apesar dos pesares, valia muito a pena.

21
Novos apuros

Minutos depois Mel e Sol encontraram-se com Amanda, Pitágoras, Crepe e Sebastião.

– Agora que sabemos como fazer para o balão voltar para a terra podemos levar Sol até o topo da montanha de onde se salta de asa delta. O que acham?! – sugeriu Bruno com empolgação.

– Se o Sol tiver coragem, podemos até mesmo saltar de asa delta.

– Saltar?! – espantou-se Sol.

– Não se preocupe meu amigo, sou um exímio saltador de asa delta – assegurou Bruno sem modéstia alguma.

– Engraçado... – riu Sol. – Você tem medo de fantasma mas não de saltar de asa delta!

Risos.

Sem mais delongas, a turma toda subiu no balão e partiu em direção ao topo da montanha mais elevada que havia nas proximidades da cidade de Girassóis.

Chegando lá, Sol conseguiu mais uma vez prender o gancho preso na ponta da corda e fazer, com ajuda de todos, com que o balão pousasse nas imediações.

Bruno aproveitou então para mostrar ao garoto Sol a rampa de onde o pessoal saltava de asa delta.

Sol admirou tudo com profundo interesse. E aproveitou também para contemplar a bela vista que se tinha dali, uma vista panorâmica da região. Concluiu mais uma vez que a natureza havia sido generosa com aquele pedacinho do planeta, pois a região era extremamente bela.

Por insistência de Bruno, Sol se posicionou numa asa delta como se fosse saltar, só para sentir como era a sensação de ter uma sobre suas costas.

Bruno também se prendeu a ela para mostrar para o amigo como é que ficam duas pessoas que querem saltar juntas.

Em meio a explicação, Bruno torceu o pé e ao desequilibrar-se, acabou puxando a asa delta rampa abaixo.

Diante do imprevisto, a galera gritou:

– Cuidado!

Ao ver que iam rolar morro abaixo, Bruno endireitou o corpo para deixar a asa delta em posição de salto e evitar, assim, que se esborrachassem. Aconteceu tudo tão rápido que quando Sol deu por si, a asa delta já estava flutuando no ar.

– Cruzes! – berrou o menino, sentindo na pele, naquele instante, o que é sentir medo de fato.

Só restava cruzar os dedos para que nada pior acontecesse aos garotos. E foi exatamente o que Amanda, Mel, Pitágoras e Crepe fizeram. Já que não podia cruzar os dedos, Sebastião torceu a orelha em busca de sorte.

Sol teve a impressão de que seu coração ia saltar pela boca tamanho o pavor diante da situação em que se encontrava. Apesar de estar acostumado a flutuar no espaço, aquilo o deixou totalmente tenso.

– Take it easy! – aconselhou Bruno.

– O quê?! – berrou Sol, sem compreender.

– Relaxa, amigão! – traduziu Bruno que, ao contrário de Sol, estava adorando a aventura.

Sol aceitou o conselho do amigo e relaxou, só assim pôde desfrutar do prazer de voar numa asa delta.

Minutos depois o friozinho que Sol sentia na barriga já não era mais de medo e sim de alegria e satisfação, tão grande era a emoção que o garoto caiu na gargalhada.

Amanda, Crepe, Mel, Pitágoras e Sebastião entraram no balão e seguiram ao encalço dos meninos.

Enquanto isso Sol e Bruno flutuavam pelo ar. Tudo ia bem até que uma forte rajada de vento mudou a direção da asa.

– Ô, ô, ô... – murmurou Bruno.

– O que foi?

– O ventou nos tirou da direção certa.

– Como assim?

– Era para pousarmos na praia e...

– E...??? O quê?

– E agora eu não sei onde vamos pousar... ou melhor, sei sim, veja! – berrou o menino.

Os dois estavam indo cair no mar a uma distância bem longe da praia.

– E agora o que faremos?

– Só nos resta cruzar os dedos e berrar por socorroooooo!!! Help! Help!!!

– Help?! – perguntou Sol atônito.

– Significa socorro em inglês! – explicou Bruno – é que nós aqui no Brasil temos a mania de misturar inglês com português.

– Ah!!! – riu Sol.

– Só um milagre pode nos salvar! – acrescentou Bruno com voz profunda e gutural.

– Mas a água pelo que sei é macia, tanto que lá do céu vejo as pessoas pularem de trampolim – observou Sol.

– Mas você já nadou alguma vez em alto mar?

– Bem... não!

– Pois bem, eu também não! Fiquei de entrar numa escola de natação para aprender a nadar e fui adiando e adiando até agora. Percebo que agi tolamente, pois se tivesse aprendido, poderia lidar melhor com este imprevisto – observou Bruno deveras chateado.

– Não devemos deixar para depois o que podemos fazer hoje! – observou Sol.

– Infelizmente aprendemos o ditado a duras penas! – lamentou Bruno.

Nesse instante, não muito longe dali algo começou a emergir de dentro d'água. Devido ao eclipse, Sol não podia ver com nitidez o que era. Tudo indicava ser, nada mais, nada menos, que um monstro vindo das profundezas do mar.

— Agora estamos perdidos... fritos... cozidos... mal passados... bem passados... crus!!! E agora?! Como vamos sair dessa enrascada?! — berrava Bruno à beira de uma síncope.

Sol se pôs a orar. Nem bem terminou a oração, ele sentiu um alívio imenso no seu coração. Bruno foi despertado de seus pensamentos pelo berro, um berro radiante, de alívio e de felicidade por parte de Sol:

— É Divina!

— O quê? — berrou Bruno sem compreender.

— É Divina! — repetiu Sol, elevando a voz.

— A natureza?!

— Não!

— A vastidão do mar?! — arriscou Bruno novamente, sem compreender.

— Não! Divina! — tornou Sol.

— As estrelas?!

— Não!

— A Terra? A vida?

— Não!

— A sua mãe? — Bruno chegou à conclusão de que o desespero afetara os miolos de seu companheiro de voo. Para ele Sol estava sofrendo dos miolos, pobre garoto.

— É Divina... — repetiu Sol, quase gritando.

— Essa aventura... tem certeza?! — indagou Bruno mais uma vez crente de que Sol havia ficado lelé.

— Não, Divina!

— O que é divino, meu chapa?! — aborreceu-se Bruno.

— A baleia.

— Sim, as baleias são realmente divinas, mas que hora para pensar nisso?! Que falta de assunto, hein, Sol!!!

— É D – i – v – i – n – a!!! — reforçou Sol. — A baleia do tio Mussarela.

Bruno arregalou os olhos surpresos e aliviado. De fato era a baleia, amiga do velho senhor enxuto. O menino também suspirou aliviado: UFA!!! Mas o alívio foi passageiro, assim que Bruno se viu diante de uma hipótese provável e assustadora.

– E se Divina nos engolir?! – perguntou, tremendo agora da cabeça aos pés.

– Nada disso. Ela vai nos ajudar. Veja!

Divina, naquele instante começou a esguichar água por aquele buraquinho que toda baleia tem no seu dorso, e dirigiu o jato d'água na direção da asa delta com a intenção de amparar a queda, o que de fato aconteceu, mas o jato saiu tão forte que mudou a direção da asa delta, direcionando-a de volta para a praia.

Os dois meninos ficaram ensopados mas salvos de cair em alto mar.

– Cruzes, eu estou todo molhado! T-o-d-o molhado!!! – reclamou Bruno.

– Não reclame. Agradeça Divina, ao menos estamos rumando para a praia – observou Sol.

– Não estamos, não! – murmurou Bruno afobado.

– Não?! – Sol se assustou.

– Não! Estamos rumando para aquele circo que está montado rente à praia. E se prepare para o pouso forçado sobre a lona do circo!

– Lona? Circo? Como assim?

– Nós vamos cair sobre a lona do circo e vai ser bem agora, segure-se!!!

A asa delta com os dois meninos caiu na lona do circo e por ser pontiaguda, furou-a. Os dois meninos se desprenderam dela, indo cair em cima de algo que soltou um rugido de susto, assustando também os dois meninos. Era um elefante.

Devido ao susto, o animal saiu correndo em disparada, com tanta força que se soltou de onde estava preso. Os outros dois elefantes que estavam com ele se assustaram também e do mesmo modo se soltaram e correram atrás do companheiro.

Já se tinha visto de tudo, passar pela avenida rente à praia: globo da morte, rampas para carros saltarem, fazer piruetas no ar, shows de música, pouso de paraquedistas, etc., mas elefantes em disparada, jamais. Era um espetáculo inédito.

Muitos dos moradores das casas que ficavam na avenida, ao ouvirem os rugidos dos elefantes, correram para suas janelas e ao ver os três animais correndo, se beliscaram para se certificarem de que não estavam sonhando.

"Ui! Ai!"

Não, eles não estavam sonhando. Algumas dessas pessoas chegaram a pensar que o que viam não passava de uma miragem, provocada pelo eclipse.

Bruno e Sol se seguravam para não cair do elefante. Se caíssem, os elefantes que vinham correndo logo atrás deles os pisoteariam.

Tomado de desespero, o pessoal do circo: palhaços, malabaristas, contorcionistas, mágicos e até mesmo o engolidor de espadas e a mulher barbada saíram correndo atrás de seus elefantes uns montados num camelo, outros num dromedário, alguns numa zebra, outros numa avestruz, o importante era trazer seus belos elefantes de volta para o circo antes que eles causassem algum problema na cidade.

As pessoas, ao verem os elefantes correndo, fugiram das ruas apavoradas. Apesar de toda a correria e sustos, Sol e Bruno conseguiam encarar toda aquela situação delicada, se divertindo.

– Tem de haver algo que acalme os elefantes! – berrou Sol.

– O quê?! – indagou Bruno numa voz entrecortada devido aos galopes do animal.

Nisso o pessoal do circo conseguiu alcançar os dois elefantes que corriam em disparada atrás do outro que carregava Sol e Bruno.

Dois trapezistas então saltaram de onde estavam, dando duas piruetas no ar e conseguiram cair exatamente onde queriam, nas costas dos dois elefantes que logo se acalmaram com o cafuné que receberam dos trapezistas e pararam de correr.

Os demais continuaram atrás do elefante que carregava Bruno e Sol e que chacoalhava os meninos como um terremoto. Foi aí que Sol teve uma brilhante ideia para acalmar o bicho. Brilhante mesmo!

Começou a fazer um cafuné na cabeça do animal na intenção de acalmá-lo e como sua mão era quentinha, a temperatura logo fez o elefante relaxar e se acalmar.

– Ufa! Conseguimos – desabafou Bruno, aliviado.

– Graças a Deus! – exclamou Sol também aliviado.

Os palhaços se aproximaram e um deles perguntou:

– Vocês estão bem, meninos? Não sei como conseguiram acalmar o velho João Grandão, mas que bom que conseguiram.

João Grandão era o nome do elefante em questão.

Nem bem os palhaços disseram isso, João Grandão, o elefante, deu um grito de pavor e partiu novamente, todo estabanado, pavoneando-se todo, em disparada pela avenida só que desta vez na direção contrária a que viera, rumo ao circo.

– O que aconteceu?! – perguntou Sol em meio aos solavancos.

– O elefante viu um rato! – explicou Bruno, atônito.

– E que mal há nisso?! – espantou-se Sol.

– Que mal há nisso?! Você não sabe que os elefantes abominam ratos, têm pavor deles?!

– Pavor de ratos?! Como podem ter medo de um animalzinho tão pequenino assim? Cem vezes menor que eles?

– Um mistério da natureza, Sol! Segure-se firme!!! Porque dessa vez nada vai conseguir deter este elefante!

Sol usou novamente o recurso que usara para acalmar o paquiderme anteriormente, mas dessa vez sem resultado.

– Você está certo, Bruno, nosso amigo elefante parece dessa vez completamente fora de si.

– E agora?! – perguntou Bruno afobado.

– Agora só nos resta pedir a Deus que nos ajude – sugeriu Sol, lembrando do quanto a fé é importante nessas horas.

Foi então que subitamente ouviu-se um estampido vindo da direção do circo.

"Bummm!!!"

Sol e Bruno assustaram-se com o barulho e ficaram ansiosos para saber de onde viera, quem ou o que o provocara.

Foi então que ambos avistaram algo voando no céu, vindo na direção deles.

– Cruzes! O que é aquilo? – indagou Bruno. – Uma estrela cadente? Um cometa?! Um busca pé ou o Super Homem?

Nenhuma das suposições estava certa, aquilo ou melhor aquele que vinha na direção que eles se encontravam era nada mais nada menos que o homem-bala do circo ao qual João Grandão pertencia.

O homem-bala havia sido disparado de seu canhão na direção de João Grandão e dos meninos na intenção de cair sobre o animal e, com sua lábia, convencê-lo a se acalmar.

Foi com profunda precisão que ele aterrissou sobre o João, numa manobra estupendamente fantástica. Sol e Bruno ficaram boquiabertos, tamanho espanto com sua performance e saudaram-no com urras e salva de palmas.

Com apenas algumas palavrinhas o homem-bala conseguiu tranquilizar o pobre João Grandão. Logo, o elefante diminuiu a marcha e foi parando, parando até que parou de vez.

– Ufa! – suspiraram os meninos ao mesmo tempo.

Sol e Bruno congratularam o homem que lhes explicou que tal proeza só foi possível porque ele era também o domador de elefantes.

– Como conseguiu acalmá-lo apenas dizendo aquelas palavras? – quis saber Bruno.

O homem-bala, quer dizer, o domador, ou melhor, o homem-bala domador explicou:

– Foi simples! Prometi a ele que se ele parasse de correr e se comportasse, eu lhe daria o que ele mais gosta de beber!

– E o que ele mais gosta de beber?!

– Aquilo ali! – respondeu o homem-bala, quer dizer, o domador, ou melhor o homem-bala domador que em seguida disse em linguagem de elefante:

– Eletchu... ele tcha... ele tchu ele tcha tcha tcha!!!

O elefante esticou a tromba até o topo do coqueiro que ficava na beira da praia de lá tirou um coco verde e o entregou ao homem-bala, quer dizer, o domador, ou melhor, bem vocês já sabem... que com seu canivete abriu a fruta e deu para o elefante beber. João Grandão ficou nas nuvens. Degustou até a última gota d'água de coco com profundo prazer. Bruno e Sol estavam perplexos.

– Essa é demais! – exclamou Bruno, entre risos. – Onde já se viu um elefante que adora beber água de coco?!

– Água de coco? – exclamou Sol. – Dela eu também quero provar!

O homem-bala domador voltou-se para João Grandão e disse:

– Eletchu... ele tcha... ele tchu tcha tcha tcha!!!

O elefante imediatamente esticou sua tromba novamente em direção ao coqueiro e arrancou de lá outro coco verde. Assim que o homem-bala domador abriu um furo no coco, entregou-o a Sol que também ficou nas nuvens por tão deliciosa degustação.

– Poxa! Que Delícia!!!! – confessou.

Em seguida o pessoal do circo despediu-se da garotada após lhes pedirem inúmeras desculpas pelo acontecido, pelo mau comportamento de João Grandão e de seus irmãos Joca Pança e Dunga Trombone.

– Nós é que devemos pedir-lhes desculpas, afinal, foi por nossa causa que os elefantes fugiram do circo em disparada – explicou Sol que em seguida resumiu os fatos.

Desculpas aceitas. Maravilha. O pessoal do circo partiu.

22
O alerta

Um minuto depois Pitágoras, Amanda, Crepe, Mel e Sebastião se uniam a Sol e Bruno mais uma vez.

— Por essa você não esperava, hein, Sol? — disse Mel.

Em meio a um sorriso bonito, Sol respondeu:

— A vida é cheia de surpresas, não é mesmo? Quando você receber um limão faça uma limonada, não é isso o que aconselham?

Como toda a turma se encontrava diante da praia, Sol lembrou-se de realizar um outro desejo seu, o de construir um castelo de areia. Antes, porém, sentou-se na areia e ficou a contemplar as ondas se formando e morrendo na praia, com sua espuma branca, percebendo que até os marulhos das ondas eram reconfortantes para os ouvidos.

Uma brisa suave acariciava-lhe de leve os pelos da nuca, provocando-lhe um arrepio gostoso.

A seguir todos o ajudaram com grande empolgação a construir o tal castelo de areia. No final, o castelo ficou lindo. Foi então que subitamente um caranguejo beliscou o bumbum do Sol.

O menino de olhos cor do mar e cabelos da cor do ouro deu um berro.

— Opa! O que foi isso?! — grunhiu Sol pulando em círculos para aliviar a dor latejante deixada pelo beliscão.

Toda a patota caiu na risada, ao ver o amigo que saltitava como se estivesse dançando a famosa dança da chuva que os índios dançam em época de seca.

– Você foi beliscado por um caranguejo, Sol – explicou Mel.

– Que bichinho danado! – resmungou Sol, dirigindo para o caranguejo um olhar reprovador. Mas o crustáceo não lhe deu a mínima, estava mais interessado em provocar Sebastião com suas garras do que qualquer outra coisa. Sebastião, coitado, corria em círculos para evitar os beliscões do danado.

Mel achou por bem pegar seu cãozinho de estimação no colo antes que ele fosse vencido pelo caranguejo e se sentisse humilhado pelo fato. Nem bem ela o acolheu em seus braços, Sebastião começou a latir.

– O que foi querido Sebastião? – perguntou a menina, olhando curiosa para o animalzinho.

Sebastião continuou latindo insistentemente com os olhos voltados para o céu. Todos voltaram então seus olhos para lá onde um pássaro vinha voando na direção deles.

– Puxa!!! Que pássaro maravilhoso! Parece ser uma gaivota – comentou Mel com verdadeira admiração.

– Uma gaivota? Que legal! – exclamou Sol, admirando a desenvoltura com que o pássaro flutuava no céu.

A gaivota passou por eles e deixou cair algo na cabeça de Sol. Ele levou um susto.

– O que foi isso? – perguntou ele.

Todos se contiveram para não rir, mas foi em vão, o riso escapou pelas narinas, fazendo um ronco como se fosse de um porco.

– O que é isso? O que é isso? – perguntava Sol.

Nenhum membro da turma conseguiu responder à pergunta de tanto que gargalhavam.

– De que vocês estão rindo? – perguntava Sol, atônito.

– O pássaro... – tentou dizer Bruno, mas não foi além disso, o riso não lhe permitia completar a frase.

Sol pôs a mão na cabeça e tocou a estranha coisa que o pássaro havia deixado cair ali.

– O que é isso? – insistiu, tocando naquilo.

Ao cheirar o dedo, fez uma careta, o negócio cheirava muito mal.

– Iéca! – exclamou.

— É cocô! — explicou Bruno, curvando-se de tanto rir.

— Água de coco? — indagou Sol. — Não me parece!

— Não, seu bobo. É cocô! — tornou Bruno, achando ainda mais graça da confusão feita pelo amigo.

— Cocô! — admirou-se Sol.

— Cocô do pássaro! — explicou Amanda.

E antes que o garoto perguntasse o que era de fato aquilo, Mel deu-lhe as devidas explicações.

— O cocô é uma dádiva para os seres vivos. Imagine só se nós guardássemos dentro de nós tudo o que comemos desde que éramos bebês... viraríamos um balão.

— É verdade — comentou Sol, apreciando mais uma vez essa pertinente observação de Mel.

— A canção "Seu Cocô" é famosa entre a garotada porque explica de modo divertido essa realidade — observou Crepe.

— Uma canção que fala do cocô?! — surpreendeu-se Sol.

— Sim! — respondeu Crepe e voltando-se para a galera pediu: — Vamos cantá-la, turma?!

Todos concordaram e com grande empolgação:

Seu Cocô é legal!
Sem ele, sem ele, você passa mal!
Ainda que ele cheire mal
Ele é sensacional

Às vezes é verde, às vezes marrom
Às vezes parece abacate e bombom
Às vezes é duro, às vezes é mole
Às vezes parece rocambole!

Foi mais um momento inesquecível para Sol e os amigos. A seguir, Amanda deu para o amigo que veio das estrelas um lenço para que ele pudesse limpar o cabelo. Antes dourado, agora dourado esverdeado.

— O pássaro não tinha outro lugar para soltar o seu cocô, não? Tinha de ser justamente no meu cocuruto?! – riu Sol. – Eu quis experimentar muitas coisas enquanto estivesse na Terra, mas isso, jamais!

Pitágoras teve então um insight.

– Talvez seja um aviso! – disse ele, pensativo.

– O nosso pequeno detetive ataca outra vez! – exclamou Amanda.

O comentário de Pitágoras atiçou a curiosidade de Sol.

– Aviso?! Como assim? – quis saber Sol.

– Li certa vez num livro que os nossos antepassados quando viam um ou mais pássaros no céu era um sinal dos céus, como se diz – explicou Pitágoras puxando pela memória.

– Um sinal?! – murmurou Sol, pensativo. – É lógico! – alarmou-se eufórico. – Deve ter sido um sinal enviado por meus amigos planetas para me lembrar que já está na hora de eu ir embora... já ia me esquecendo do horário! Preciso voltar para a casa de Mel, urgente!

A lembrança de que Sol havia de partir entristeceu toda a turma. Ficaram parados feito estátuas, tristes. Foi Bruno quem resolveu tomar uma atitude, ao lembrar-se das consequências negativas para o planeta, para todos em geral, caso Sol deixasse de voltar para o céu.

– Pessoal, vamos pegar nossas bicicletas e voltar urgentemente para a casa da Mel – ordenou o menino.

A turma correu para o local onde haviam deixado suas bicicletas e assim que montaram, elas partiram, pedalando a todo vapor rumo à chácara onde residia Mel com sua mãe.

Devido a pouca luz a garotada não pôde ver que havia um bocado de cacos de vidro espalhados num certo trecho da estrada que levava à chácara. Assim que os pneus passaram por cima deles, eles imediatamente furaram para espanto e desespero de todos.

– Três das bicicletas tiveram seus pneus furados – gritou Amanda aturdida.

– E agora o que faremos? – enervou-se Amanda. – Como vamos chegar à chácara de Mel sem bicicletas? A pé não vai dar, mesmo que sigamos a passos largos vai levar muito tempo. Correndo, não aguentaríamos.

– Temos de achar um modo de voltar para lá, urgentemente! Sol precisa chegar à chácara no tempo previsto! – explicou Mel preocupada.

— Não há garupa em todas as bicicletas!

— Eu não quero ficar aqui sozinha no meio da estrada, ainda mais nesta penumbra! — choramingou Amanda. — Eu quero ver a partida de Sol!

— Acalme-se, deve haver uma solução — disse Sol para tranquilizar todos.

Apesar de aparentar calma, Mel notou que Sol estava nervoso e preocupado diante da situação.

Foi então que se ouviu a voz de Bruno soar mais uma vez, alta profunda e gutural:

— Eu sei! Acompanhem-me! Estamos praticamente em frente à chácara onde moro!

— O que vai fazer? — perguntou Amanda, com brotoejas de ansiedade.

— Vocês verão! — respondeu o garoto bem seguro de si.

Ao chegarem à chácara do menino, ele foi direto para o curral.

— O que ele quer num curral? — cochichou Amanda a Mel.

Bruno ouviu a pergunta e respondeu:

— Cavalos!

— Cavalos? — exclamou Amanda surpresa.

— Exatamente! Ajudem-me a selar os cavalos! — completou Bruno.

— Eu nunca montei um cavalo! — avisou Sol.

— Há sempre uma primeira vez! — respondeu Bruno. — Não há segredo algum. Acredite-me, você vai tirar de letra.

Sol empertigou-se. Com a agilidade de um castor, as crianças selaram os cavalos, montaram-nos e partiram.

— Depressa, resta pouco tempo para o Sol regressar ao local certo para voltar para o céu! — lembrou Pitágoras.

— Eu conheço um atalho! — anunciou Crepe.

— Um atalho?! — empolgou-se Pitágoras.

— Sim, pela mata que cerca as chácaras! — explicou o menino.

— Não é perigoso? — inquiriu Amanda.

— Talvez! — respondeu Crepe.

— Dizem que há onças por lá! — alertou Bruno.

— É um risco que teremos de correr! — desafiou Crepe. — E onças não são tão malvadas quanto falam! Elas apenas defendem seu espaço!

– Não há com o que se preocupar, pessoal, pois estaremos indo a cavalo! – observou Mel.

– Vamos arriscar! Não temos outra solução! – acudiu Sol, confiante no melhor.

– Hoa... hoa... – gritou Crepe, seguindo na frente.

– Aí vamos nós e não vamos sós! – berrou a turma, seguindo o menino.

Assim que chegaram à estrada que levava à chácara de Mel, Crepe tomou uma brecha estreita por entre as árvores que os levou até uma estradinha de terra pouco convidativa, quase sufocada pelo capinzal que crescia a sua volta.

A paisagem era pouco hospitaleira, na penumbra tornava-se assustadora. Um perigo para um visitante desprevenido. Ainda assim o menino embrenhou-se pelo caminho, ordenando a todos que o seguissem.

A estrada ladeada por uma vegetação exuberante era cheia de depressões e irregularidades no solo e com pouca luminosidade tornava-se impossível desviar dos buracos.

Uma coruja esvoaçante passou por eles, agitando as folhas de um carvalho. Amanda arrepiou-se.

Eles avançaram em meio a um silêncio impressionante. Apenas o pocotó dos cavalos ousava romper aquele silêncio apavorante.

Não muito longe dali ouviu-se o uivo de uma onça. Um uivo que mais parecia o uivo de um lobo.

– Eu estou com medo – lamuriou-se Amanda.

– Confesso que eu também – admitiu Bruno.

– Coragem! – incentivou Mel num tom animador.

Os uivos tornaram-se cada vez mais estridentes e inoportunos, deixando os cavalos cada vez mais assustados, tão assustados que foram diminuindo os galopes. Trotando cada vez mais lentamente.

– Os cavalos estão assustados – observou Crepe, preocupado.

– Não é para menos, esse uivo de onça é apavorante.

– É um uivo muito estranho – comentou Mel, cismada. – Parece mais um choro agonizante que propriamente um uivo.

Sebastião rosnou assustado.

— Deve ser um fantasma — sugeriu Amanda, com seu nariz tremelicando de medo.

— Não diga bobagens — esbravejou Pitágoras.

Os cavalos continuaram trotando lentamente. Foi então, não muito longe dali que a turma avistou a onça que uivava e chorava ao mesmo tempo. O ar de súplica em seu olhar foi o que mais penalizou a todos.

— Pobrezinha! O que será que houve? — indagou Mel, tristemente.

— Ela foi pega numa armadilha — explicou Pitágoras.

— Armadilha? — espantou-se Sol sem entender. — O que é uma armadilha?

— Armadilha são feitas para capturar animais. Muitas vezes capturá-los pelo simples prazer de capturá-los — explicou Mel.

— Isso é horrível — lamentou Sol. — E o que acontecerá com a onça?

— Se ninguém soltá-la, ela sangrará até morrer, pois está presa!

— Que triste! Precisamos ajudá-la! — falou Sol, decidido.

— Mas, Sol, você precisa ir embora! — lembrou-lhe Mel.

— Se eu partir sem poder ter ajudado esse animal, não me perdoarei jamais. Talvez tenha sido por esse motivo que tivemos de pegar esse atalho, para ajudar essa onça — concluiu Sol, perspicaz.

— Não sei por que preocupar-se tanto em salvar a vida de uma onça se elas também são cruéis para com o ser humano — criticou Bruno.

— Elas não são cruéis. Quando são, é porque não gostam de ser perturbadas em seu território. É o modo de se defenderem do desconhecido — explicou Crepe.

Sol saltou do cavalo e aproximou-se da onça, de aparência transfigurada pela dor.

— Como vai soltá-la? — quis saber Mel, apreensiva.

— Eu sei como fazer — adiantou-se Pitágoras —, mas não sou forte o bastante para abrir as garras da armadilha que prendem sua perna.

— Ensine-me que eu faço — prontificou-se Sol.

Sol fez exatamente como Pitágoras explicou, agiu com calma e eficiência e em poucos segundos, a onça estava livre.

– Pronto, minha amiga, agora você está livre novamente – falou Sol, sentindo orgulho de si mesmo por ter salvado um ser vivo.

Um raio de luz passou pela face da onça que dessa vez uivou de felicidade e gratidão. A passos miúdos foi se retirando do local até adentrar a mata e desaparecer do campo de visão da garotada.

– Odeio caçadores! – desabafou Amanda.

– Creio que há um bando deles por essas redondezas – revelou Crepe.

– Precisamos denunciá-los às autoridades – opinou Amanda.

– Faremos isso mais tarde – concordou Mel. – Agora, no entanto, precisamos correr de volta para a chácara antes que seja tarde para o Sol voltar para o céu.

Sem mais diz que diz, a turma retomou o caminho, exigindo o máximo de velocidade dos cavalos.

Não muito longe dali um bando de onças fechou a estrada de terra. Assim que os cavalos viram, pararam imediatamente e relincharam agudos de susto.

– Elas vão nos atacar! – gritou Amanda, atônita.

Sebastião ficou tão assustado que seu latido parecia agora um simples miado.

– Acalmem-se! – pediu Mel.

As onças encaravam a meninada com os olhos semicerrados e matreiros. Havia também um sorriso maroto, repuxando suas bocas. Assim que os cavalos pararam, elas começaram a andar na direção deles, com passos lentos e bem concentrados, agora rugiam entre dentes, um rugido assustador.

– É melhor darmos meia volta e sairmos correndo daqui – sugeriu Bruno trêmulo tanto quanto sua voz.

– Se elas morderem as patas dos cavalos, os pobrezinhos estarão perdidos.

Nisso uma das onças, a líder do bando, certamente, parou, empinou a cabeça, mostrou seus dentes pontiagudos e soltou um rugido o que parecia ser um sinal de ataque.

Foi bem nesse momento, para a surpresa de todos, que a onça, que havia sido libertada da armadilha por Sol, surgiu de dentro da mata e na língua das onças informou as amigas do seu salvamento. As onças arregalaram os olhos, surpresas e então, deram passagem para que as crianças pudessem continuar seu caminho.

Quando os olhos azuis de Sol encontraram-se com os olhos da onça que fora salva por ele, eles brilharam de gratidão.

– Uma mão lava a outra – disse Crepe.

– E duas lavam o pé – ironizou Bruno.

As crianças agradeceram às onças, acenaram para elas e retomaram o caminho.

– Pronto, agora nada mais pode nos atrapalhar – gritou Crepe.

Antes o garoto estivesse certo. Não muito longe dali um novo obstáculo surgiu no caminho para atrapalhar a galera. Tratava-se de Gumercindo Epaminondas cercado por cinco cachorros ferozes que mostravam os dentes como se mostra para o dentista.

– Daqui vocês não passam, seus garotos bisbilhoteiros – trovejou Gumercindo Epaminondas. Não enquanto não confirmarem para o delegado que eu estava certo quanto ao fantasma que vi, dançando na chuva. Vocês não sairão daqui. Por causa de vocês, criançada da peste, eu passei o maior vexame na frente da polícia. Paguei o maior mico! Mas isso não vai ficar assim, vocês hão de me pagar, ah se vão!

O homem falava depressa, as palavras rápidas amontoavam-se umas sobre as outras.

Diante dos cães os cavalos empacaram novamente e a criançada não sabia o que fazer. Eles pareciam encurralados e perdidos. E o que é pior, faltava agora menos de uma hora para o Sol chegar à chácara se quisesse retornar para o sistema solar.

Gumercindo estava chiando mais uma vez com os garotos quando Sol apontando com o dedo para o céu, chamou a atenção de todos para lá:

– Olhem aquilo!

Todos olharam inclusive o Gumercindo Epaminondas e seus cachorros. Um bando de urubus voava em círculos sobre as cabeças do vizinho turrão e de seus cães metidos a valentões. Deles então caiu algo: Ploft! Ploft! Ploft!

Oh não! Sim, era mais uma vez cocô e dessa vez de urubu o qual sujou a lente dos óculos do pobre Gumercindo Epaminondas, deixando-o cego e espumando de raiva e ódio.

Os cachorros diante do ocorrido alvoroçaram-se e saíram correndo em disparada. O rabugento do Gumercindo por estar aturdido, limpando seus óculos, afrouxou a mão e com isso os cães puderam se libertar dele com facilidade.

A turma também aproveitou a atrapalhação do velho rabugento para ir embora. Quando Gumercindo conseguiu ver novamente alguma coisa, para seu espanto, não havia mais ninguém ali nas imediações. Ele estava só olhando assustado de um lado para o outro. Não sozinho propriamente, agora em companhia do bando de onças que se aproximavam dele sorrateiramente, crentes de que ele era um dos caçadores maldosos que vivia a espalhar armadilhas pela redondeza.

Quando o pobre homem viu aquele grupo de onças ferozes, vindo na sua direção, por pouco não borrou as calças. Seus olhos se dilataram ainda mais, ao se deparar com os olhos assassinos das onças, olhando para ele. O fanfarrão transformou-se num covarde em poucos segundos, e o espetáculo não era nada bonito de se ver.

– E agora?! O que fazer?! – Perguntou-se trêmulo, torcendo as mãos, olhando ao redor, apreensivo, procurando desesperadamente por uma saída.

– Pernas para que te quero! – gritou ele, enfim, enquanto se punha a correr dali com toda força que podia impor às pernas.

– Ai, socorro! – gritava ofegante.

Crepe foi o único da turma que ouviu os gritos de socorro do pobre homem e voltou para ajudá-lo.

– Suba no cavalo, meu senhor – disse-lhe o menino assim que se aproximou dele.

Gumercindo aceitou o convite sem protestar. Logo que se aconchegou na sela, Crepe partiu dali. Quando alcançou as imediações da chácara onde vivia seu vizinho rabugento, Crepe disse:

– Está bom aqui, meu senhor?

O homem respondeu que "sim" enquanto desmontava do cavalo.

Precisou de um momento para transformar seus pensamentos em

palavras. Por fim, disse o que precisava dizer:

– Eu nem sei como agradecer-lhe, meu rapazinho, nem quero pensar no que teria me acontecido se eu tivesse sido apanhado por aquelas onças.

– O importante é que o senhor agora está bem.

O rosto de Gumercindo Epaminondas estava vermelho, parecendo estar com muito calor, mas era de emoção, por ter sido salvo.

– Graças a você. Muito obrigado.

– De nada, fiz apenas o que todo ser humano deve fazer pelo próximo num momento de grande necessidade. Pois somos todos, no fundo, irmãos!

Um sorriso bonito de gratidão abrilhantou o rosto enrugado do velho Gumercindo Epaminondas. Crepe também sorriu.

– Agora preciso ir – disse o menino.

– Vá e muito obrigado pelo que fez por mim – agradeceu Gumercindo Epaminondas com a consciência pesada.

Sem mais delongas Crepe partiu em direção da casa de Mel. Gumercindo voltou para sua casa, refletindo sobre o último acontecimento que envolveu sua vida. A maior lição que ele aprendeu: é melhor fazer amigos do que inimigos.

23
A despedida

A turma já se encontrava na chácara de Mel bem no local onde Sol haveria de estar para poder regressar para o seu posto no sistema solar.

Sol olhou para o céu e percebeu pela cara da Lua que era hora de ele ir realmente embora. Então disse:

– Bem, chegou a hora de eu partir, amigos!

– Tem certeza de que não pode ficar mais um pouquinho? Só mais um pouquinho? – perguntou Mel, esperançosa.

– Gostaria muito, mas não posso! O universo precisa de mim! Vocês precisam de mim! Não posso deixar de exercer minha função no universo, jamais! Essa foi a missão que Deus me deu e devo atendê-la com carinho! – explicou Sol emocionado.

– Nós entendemos! Mas, ao mesmo tempo, gostaríamos que ficasse conosco!

– Mas estarei sempre com vocês, Mel querida! Toda vez que você acordar e abrir a janela, estarei olhando para você! Toda vez que sair para brincar, estarei observando você! Assistindo a suas aventuras e travessuras!

Sol respirou fundo e sorriu antes de acrescentar.

– Tudo que vivi aqui jamais será esquecido por mim. Agradecerei eternamente a minha amiga Lua pelo grande favor que me prestou.

Os olhos de Sol, assim como de todos, lacrimejaram.

– Lembrem-se, amigos, que tão importante quanto a mim, para vocês viverem bem aqui na Terra, é saber cuidar bem dela. Preservar a ecologia. Só assim preservarão os mares, as florestas, o que é tão necessário e fundamental para manter seu planeta saudável, favorável à vida de todo ser vivo. Vocês serão os adultos de amanhã e se crescerem, cuidando da natureza, dos animais, reciclando os lixos domésticos, evitando a poluição, o planeta permanecerá sempre viçoso e apto à vida humana e animal. Cuidem dos animais, preservem suas vidas, eles também são importantes para manter o ecossistema equilibrado!

– Cuidaremos, sim, Sol – respondeu Mel.

– É uma promessa! – acrescentou Amanda, contendo-se para não chorar.

Sol despediu-se de Bruno, dando-lhe um abraço apertado e disse:

– Obrigado, Bruno, por ter me levado para passear de balão, por ter me ajudado a devolver a estrela para o céu e tudo mais!

Em seguida foi a vez de Pitágoras:

– Obrigado, pequeno grande detetive, por ter me desmascarado, dando-me a oportunidade de fazer amigos que me ajudaram a realizar tantos sonhos! Graças a você, eu pude andar a cavalo, de elefante, de asa delta e chegar a tempo para a minha partida.

Os dois trocaram também um abraço apertado. Sol virou-se então para as meninas e disse:

– Amanda, muito obrigado por ter me acompanhado nessa aventura, a maior aventura que vivi nestes meus milênios de existência!

A menina abraçou Sol com ternura. Depois foi a vez de Crepe:

– Graças a você, Crepe, eu pude viver um pouco de mistério, ser um detetive também, pude ouvir o som de um violão de pertinho e cantar alegremente. Graças a você, vivi a experiência de salvar a onça. Sou muito grato por tudo que me propiciou!

Os dois se abraçaram e foram despertados por um miado dengoso. Era Doroteia que estava ali:

– Miauuu!!!!

– Pelo visto Doroteia também quer se despedir do Sol! – riu Crepe.

Sol a pegou nas mãos, ergueu-a e disse:

– Doroteia, você é maravilhosa! Obrigado por ter me livrado do Piti Bu Bu!

A gata soltou outro miado dengoso e profundo como agradecimento e roçou com o rabo os punhos de Sol.

– Miauuu!!!!

Assim que teve uma oportunidade, Sebastião pulou no colo do Sol.

– Grande Sebastião, você é também formidável, amigão!

Sebastião abanou o rabinho e latiu contente.

Sol virou-se, procurando por Mel, mas ela havia desaparecido.

– Onde está Mel?

Mel saiu de dentro da casa com uma máquina fotográfica e disse:

– Espere! Preciso tirar uma foto!

Todos se reuniram e ela assim fez o click! Depois, juntou-se ao grupo e pediu a Bruno que tirasse outra.

Chegou a vez de Sol se despedir dela. Nunca em toda sua existência ele se deparara com um momento tão difícil, sentia um nó na garganta, uma tristeza imensa...

Quando seus olhos azuis tão parecidos com os de Mel encararam a menina, ambos estavam rasos d'água. Ele respirou fundo, para se dar coragem e então, finalmente, disse o que precisava ser dito com aquela voz diretamente conectada ao coração:

– Mel, graças a você, fui aceito por todos! Graças a sua ousadia pude ser compreendido e não temido! Graças a você pude ir ao parquinho! Graças a sua mãe pude comer deliciosas guloseimas e experimentar os sucos de fruta! Você é maravilhosa! E eu gosto muito de você!

Sol acariciou-lhe os cabelos, percebendo que sua mão tremia. Mel lentamente, inclinou-se e beijou-lhe o rosto, murmurando:

– Vou sentir muito a sua falta.

O menino avermelhou-se tal e qual um pimentão. Passou a mão no rosto e disse:

– Um beijo! É a sensação mais gostosa que eu já senti!

– Reflete o carinho de uma pessoa para outra – explicou a menina.

Sol afastou uma mecha dos cabelos louros bonitos de Mel e sorriu, mas era um sorriso triste, um sorriso de saudade. Todos se contiveram para não derramar lágrimas, mas foi em vão, logo muitas escorriam pelos rostinhos de todos ali, lágrimas de saudade...

Mirando aqueles olhos molhados, Sol desejou que o tempo voltasse atrás, para poder viver ao lado de seus novos amigos por mais tempo. Mas sabia que aquilo era pedir demais, abusar da sorte. Ele então enxugou o rosto na palma da mão, respirou fundo e disse:

– Lembrem-se, meus amigos, de que estarei olhando vocês lá de cima! Sempre... Sempre... Sempre...

Os olhos azuis do menino cruzaram-se mais uma vez com os de Mel e ambos se contemplaram, sentindo um amor imenso apertar seus corações. Novas lágrimas emergiram de seus olhos, lágrimas que só vêm à tona quando despedimos de alguém que se ama muito.

O laço afetivo que se fez entre Mel e Sol, entre todos ali, seria eterno doravante.

– Volte algum dia, Sol! – pediu Mel, sentindo um aperto na garganta.

– Voltarei, Mel, voltarei.

– Traga a Lua com você – sugeriu Pitágoras.

– Não dá, preciso dela lá no céu para poder descer à Terra.

– Você pensará num jeito, ou melhor todos nós pensaremos num jeito e depois falaremos para você – acrescentou o pequeno detetive, empolgado.

– Obrigado por tudo, amigos – despediu-se Sol, mais uma vez embargado de emoção e com o coração já apertado de saudade.

Bem naquele momento, Sol foi envolvido por um clarão e desapareceu.

Todos, incluindo Doroteia e Sebastião choraram de emoção. No lago, ali perto, as estrelas marinhas viram o pequeno raio de luz subindo, assim como uma estrela rumo ao universo. As onças uivaram, os cavalos relincharam e Divina, a baleia, esguichou bem forte sua fonte d'água como quem acena para o outro.

Sol voltou a sua forma original no momento exato em que a Lua saiu de sua frente. E, assim, nenhum ser humano na Terra pôde perceber que ele se ausentara do espaço por algumas horas.

As crianças puseram seus óculos especiais e acompanharam o eclipse se desfazendo. Estavam felizes pela volta do Sol, porém, tristes pela sua partida em forma de criança.

24
O retorno

O Sol disse à Lua:

– Obrigado, amiga Lua, por tudo!

– Não há de que! E, então, gostou de sua aventura pela Terra? – quis saber a Lua cheia de curiosidade.

– Amei! – disse o Sol com profunda sinceridade.

– Nós queremos saber de tudo – disseram os planetas.

– Certo! Eu vou contar tudo o que houve por lá com detalhes! – respondeu o Astro-Rei. Aquilo seria bom também para apaziguar a saudade que estava sentindo da turma de amigos terráqueos.

25
Nos dias que se seguiram...

Mel contou a sua mãe tudo o que acontecera sobre a vinda do Sol à Terra como um menino. Mas ela não acreditou em nada. Mel mostrou-lhe as pegadas que o Sol transformado em criança tinha deixado no solo, ainda assim não deu crédito algum para a história da filha.

Dias depois, assim que a menina saiu da escola, todos foram com Mel até o laboratório fotográfico pegar as fotos que tiraram com Sol. Todos estavam super, hiper curiosos para vê-las. Afinal, aquele era o único registro que eles tinham do amigo querido, além da memória.

As fotos haviam ficado excelentes, mas o que mais impressionou a todos foi o clarão que havia em torno do Sol. Era como se uma fina camada de luz emanasse de seu corpo.

Aquela era a prova viva de que nenhum deles havia sonhado com tudo aquilo. Que de fato o Sol, em forma de criança, havia mesmo pisado no planeta Terra.

Todos pediram para fazer cópias do negativo ali mesmo para que cada um guardasse como lembrança.

Horas mais tarde, Amanda estava sentada ao lado de Mel no verde e bonito gramado que cercava a casa da menina na chácara em que vivia. Ambas estavam com os braços entrelaçados nos joelhos, olhando para o Sol que àquela hora encontrava-se coberto por algumas nuvens acinzentadas.

Fechando os olhos, Mel, mais uma vez, relembrava de tudo o que vivera ao lado do Astro-Rei, transformado em criança e quando tornou a abri-los, o Sol havia ressurgido por entre as nuvens, irradiando uma luz espectral por toda a região, dando a todos uma gostosa sensação de paz e conforto.

– Acha que um dia ele voltará, Mel? – perguntou Amanda.

Mel anuiu com um movimento de cabeça:

– Quem sabe... Se veio uma vez, por que não haveria de voltar?

Um manancial de esperança brilhou nos olhos claros da garota.

– Bem que ele poderia trazer a Lua com ele – sugeriu Amanda. – Seria o máximo!

Mel sorrindo, concordou:

– Sim, seria o máximo termos a Lua e o Sol juntinhos aqui na Terra.

O Sol observava as duas garotas de cima, sentindo cada vez mais um amor imenso apertar seu coração.

Nisso Pitágoras e Crepe chegaram à chácara de bicicleta.

– E aí, pequeno detetive? – cumprimentou Mel.

– Olha só o que eu trouxe! – falou Pitágoras.

– O que é isso? – perguntaram as duas meninas que olhavam curiosas para o pedaço de papel.

Foi Crepe, ligeiro como um busca-pé que deu a devida explicação:

– É uma lista que eu e o Pitágoras fizemos, contendo todos os lugares que devemos e podemos levar o Sol na sua próxima visita à Terra!

– É isso aí! – exclamou Pitágoras e voltando os olhos para o céu, na direção do Sol acrescentou: – Estamos aguardando por você, Sol! E traga também a Lua e os outros planetas do sistema solar com você para que essa nossa nova aventura se torne ainda mais divertida!

As crianças acenaram para o Sol e Mel notou que ele iluminou-se um pouco mais, como se tivesse entendido a mensagem.

Pela janela, a mãe de Mel, observava as crianças e, ao ouvir as palavras de Pitágoras e Crepe, murmurou com seus botões:

– Crianças... Quanta imaginação...

Como tudo começou...

Foi numa tarde ensolarada do ano de 1990, quando eu estava na sacada do apartamento em que residia em São Paulo, no aconchegante bairro do Cambuci, tomando banho de sol para espantar o friozinho do outono que me perguntei:

"O sol vê tudo o que se passa aqui na Terra, não só vê como deve ouvir boa parte do que se diz por aqui. Não teria ele, o Astro-Rei, alguma vez, sentido vontade de tornar-se um ser humano para poder visitar este planeta e experimentar a vida aqui?"

Se sim, como poderia o Sol se ausentar do sistema solar sem causar pânico aos habitantes da Terra? Pânico, sim, pois se se ausentasse, todos pensariam tratar-se do fim do mundo.

Dias depois percebi que havia um modo de o Astro-Rei se ausentar do sistema solar sem causar problemas. Por meio de um eclipse. A partir de então esta história nasceu e me empolgou a escrevê-la do começo ao fim.

Relendo o texto, percebi que essa história tem muito a ver com cada um de nós, seres humanos, pois sendo nós, em essência, espíritos, não teríamos encarnado no planeta pelos mesmos objetivos do Sol nessa história? É algo para refletirmos, não acha?

No mais, foi um prazer ter você comigo nesta aventura encantadora.

Meco Simões Garrido Filho

Aproveitando o tema central da história: a realização de um sonho, gostaria de saber se você, amigo leitor, tem um. Todos têm, qual é o seu?

Aproveitando o tema central da história: a realização de um sonho, gostaria de saber se você, amigo leitor, tem um. Todos têm, qual é o seu?

Um dos meus, por exemplo, despertou com a música. A princípio eu queria cantar tal e qual os artistas que eu admirava e por isso passei a cantar no banheiro como se ali fosse o maior palco do mundo.

Tempos depois comecei a escrever letras que me vinham a mente e deve ter sido depois da milésima que uma em questão me chamou a atenção e me fez perceber que merecia ser gravada. Veio então outra e mais outra e com elas as melodias que muitas vezes brotaram com a ajuda de um violão ou simplesmente com a boca.

Durante muitos anos vivi a sombra desse meu sonho, esperando uma oportunidade para realizá-lo. Penso então que a força do universo que me deu o poder de cantar e compor, reuniu forças também para me unir a uma oportunidade financeira bem como a músicos brilhantes para gravar muitas das minhas canções transformando assim em CDs para que todos pudessem ouvir e cantar e dançar comigo.

Hoje já são 8 CDs profissionais e mais 3 gravados nos Estados Unidos, experimentais.

Divido com você nas páginas a seguir, as letras das minhas canções. Muito pouco se presta atenção as letras, mas elas são tão ricas quanto a melodia e a voz de um cantor. São poesias cantadas, bem boladas e cheias de magia, por isso vale a pena conferir.

Só mais uma palavra: está certo quem diz que o sonho é tal qual uma semente de uma flor que se planta e é preciso regar para que cresça linda e viscosa. Sim, para um sonho se realizar é preciso persistência e aprimoramento. É preciso coragem e ousadia. Haverá quem ama e quem vai te criticar e falar mal de você. Para os que amam, beijos e abraços. Boas vibrações! Para os que criticam, peça a eles que lhe apresentem o mesmo tipo de arte que você fez para que possa também lhe dar uma opinião, porque falar é fácil, fazer é outros quinhentos. E para os que falarem mal de você, vale a regra "Falando bem ou mal contando que falem de mim, ok!".

A verdade, é que não importa o que os outros pensam de você, o que importa é o que os outros pensam de si mesmos.

Boa aventurança!

A seguir as letras do CD Criançando

Tudo bem

Tudo bem ter um dente a menos, ou dois, ou três
Tudo bem precisar de ajuda na semana ou no mês
Tudo bem ter um nariz diferente, longão, grandão
Tudo bem ter uma cor diferente, amarelo, azul, ruivão

Tudo bem usar óculos coloridos
Tudo bem usar aparelho de audição
Tudo bem chorar um pouco
Tudo bem ficar com cara de bobo

Tudo bem ter orelhas grandes e olhinhos de japonês
Tudo bem querer andar de elefante,
De avestruz ou pequinês
Tudo bem ser baixinho, cabeludo, fortão
Tudo bem ser gordinho, careca e fofão

Tudo bem brincar com bolhas de sabão
Tudo bem torcer pro seu time de montão
Tudo bem brincar com seu patinho de borracha...
na banheira
De segunda à sexta-feira, enquanto lava a cabeleira!
Tudo bem, tudo bem, tudo bem, meu bem...

Especial

É bom toda criança saber
que tudo na vida é especial... Ual Ual!!!
Eu sou especial... Você é especial...
A mamãe é especial, o papai é especial,

O vovô, a vovó, o titio, a titia, os irmãozinhos,
os amiguinhos, tudo, enfim, é muito especial!
Tchu-ru-ru-pa-tchu-ru-tchu-ru-pa-tchu... Especial!

A nossa boca é especial porque nos permite mastigar
Os alimentos que nutrem o nosso corpo!
O nosso nariz é especial porque nos permite respirar
Os nossos olhos são especiais
porque nos permitem enxergar!
Os óculos são também especiais
porque nos permitem ver bem mais!
Os ouvidos são também especiais,
porque nos permitem ouvir!
O amor, além de especial,
é essencial para que todos,
todos no mundo vivam em paz!!!!

A cadeira de rodas é especial
porque ajuda muitos a se locomover
A muleta e a bengala são especiais
porque ajudam muitos a caminhar
As cores são também especiais
para que tudo no mundo seja colorido!
Como vê, tudo na vida é especial,
Todos nós somos especiais e somos diferentes.
Especiais diferentes!

Seu Cocô

Seu Cocô é legal!
Sem ele, sem ele, você passa mal!
Ainda que ele cheire mal
Ele é sensacional

Às vezes é verde, às vezes marrom
Às vezes parece abacate e bombom
Às vezes é duro, às vezes é mole
Às vezes parece rocambole!

Malthus, comilão

Malthus é um comilão
De torta de limão, de torta de limão
Ele não quer só feijão, salada e macarrão
Quer torta de limão!

Mania

Todo mundo tem uma mania...
A da Pita é soltar pipa
Da Joaquina é falar por telepatia
Da Maria é tomar banho de água fria
Ai, ai...
Da Marília é ser Caxias
Do João é soltar bolhas de sabão
Do Juca é assustar a Cuca
Da Bia é levar doces pra titia...
Me diz aí, diz aí, diz aí, qual é a sua mania?

A da Bruna é brincar de pique mãe de rua,
A do Lucas é admirar a Lua,
A mania do Bola é jogar bola,
A mania do Bruno é ser bom aluno
A do Enzo é ser intenso
Da Tereza é espantar a tristeza
Do Guto é ser astuto
Do Meco é o bolo peteleco

(2X) Me diz aí, diz aí, diz aí, qual é a sua mania?
A do Barnabé é sambar no pé
A do Mané é soltar busca-pé
Do Lelé é dançar arrasta-pé
Do Zezé é comer brigadeiro na colher

Me diz aí, diz aí, diz aí, qual é a sua mania?
Me diz aí, diz aí, diz aí, que você faz de noite e de dia
sempre com muita alegria

Leo Lindo e Lourdes Linda song

Essa é história de Leo Lindo, Lourdes Linda
e a vaca Joia Regina Cacilda Muy Bella

Foi numa tarde linda de verão
Que Leo Lindo perdeu o chão
Ao conhecer Lourdes Linda
A garota com corpo de violão
Foi ela sim, foi ela sim!
Quem encantou o seu pobre coração
Foi ela, sim, foi ela, sim!
Que deixou o Leo com cara de bobão

Oh, Lourdes Linda
Seja bem-vinda, as terras da paixão
Oh, Lourdes Linda, seja bem-vinda, as terras da emoção
Enquanto o Leo põe lenha no fogão,
Lourdes cozinha o arroz e o feijão
Enquanto o Leo ordenha a vaquinha,
Lourdes prepara o mingau e a canjiquinha

Leo Lindo tem uma vaca, um burro, um pombo, uma pata
Lourdes Linda tem uma porca, um periquito e uma gata

Leo Lindo tem um sapo, um jabuti e uma ovelha,
Lourdes Linda tem cabelo e olhos cor de sereia
Lá lá lá ih, ih rá!!!!!
Agora os dois vão cantar
Lá lá lá ih, ih rá!!!!!
Agora os dois vão dançar

Oh, Lourdes Linda, ocê é o meu amor sem fim
Sem ocê fico de cama só comendo aipim e capim

Oh, Leo Lindo, sem você sou só atchim
Nosso amor é tão vibrante quanto o som do bandolim

Sobremesa

Larinha quer balinha
Rosinha, paçoquinha
Juquinha quer rosquinhas
Mequinho, cajuzinho

Bernardo, chocolate caramelizado
Maria quer maria-mole
O Joca, rocambole
Bruno, pé de moleque

Qual é a sua sobremesa favorita?
Qual é a sua gostosura predileta?

Qual é a sua comida que te dá água na boca?
Pra fazer um piquenique legal... Uau!
Com a turma, com a galera geral!
Um piquenique sem igual!!!

Patins

Sobre as rodas de um patins
Contra o vento, contra tudo
A vida parece não ter fim
Até posso ganhar o mundo...

Sobre as rodas de um patins
Me sinto flutuar
Livre, leve e solto...
Nada pode me derrubar...

E assim vou arriscando o melhor de mim
E assim só tenho tempo pra quem me faz feliz
Os chatos que belisquem paredes
Que chupem pregos ou giz...

Esse é o dia!

Vamos passear no bosque enquanto Seu Lobo não vem
Com Cinderela dançar um rock e com Branca de Neve também
Vamos agitar com o pagode e todos que nos querem bem
Com Rapunzel dançar um xote, ser feliz sem nhem nhem nhem

É, o dia tá pra mim, o dia tá pra você
Sejamos felizes, enfim... (Enfim) (Tá tá tá rá tá tá)
O dia tá pra mim, o dia tá pra nós
Desfaçamos os nós!

É... gol, o amor tá no ar
Que show, tragam de volta as belas pra dançar
É gol, o amor vai brilhar
E a dor que deixe o mundo vibrar

De alegria...
Que faça o mundo parar Por amor...
Que faça o mundo parar Por humor e risadaria...
Esse é o dia que a gente tirou para curtir a paz
E vamos todos festejar demais, Esse é o dia!!!

Algo irreal

Eu sou seu balão por entre nuvens de algodão coloridas
Seu segundo coração batendo de emoção pela vida
Somos Super Amigos, o elo perdido, um lance cuca legal!
Não há quem não diga que a gente pareça algo irreal

Eu sou seu bombom, seu eterno vapor pelas águas do mundo;
Você é minha alegria, minha terapia, juntos vamos fundo...
Somos Paraíso, um grande feitiço, uma peça teatral;
O Cravo e a Rosa, uma história gostosa num país tropical...

Eu sou sua cabana, seu Banana de Pijama com listras
Seu Copacabana, seu palco, seu talco, sua pizza.
Nosso amor é explícito transparente como água mineral
Não há quem não diga que a gente pareça algo irreal

Eu sou seu bondinho e você é o meu Morro da Urca
O meu São Longuinho, o meu pagodinho, a minha Corrida Maluca
Somos uma Disco, um benéfico vício, um grande carnaval
Um "Digo ao povo que fico", um carrossel colorido numa vida genial!

Cristo Redentor

Abre os braços, meu amor
Como faz o Cristo Redentor
Sob as baias desse meu Brasil

Que tanto se ouviu falar
Até na via láctea...

Abre os braços, meu amor
E desse abraço nasça uma flor a mais
em nome da paz, em nome do amor
em nome do nosso Cristo Redentor

Abram alas

Adeus dor, alô amor, chega mais!
Adeus saudade, já vai tarde!
Bom dia, dia! Adeus, tristeza!
Alô beleza! Chega mais!
Vamos cantar como der pra cantar
Vamos brilhar porque a vida quer... brilhar
Vamos dançar porque a vida vai... vai tocar um som...
O som do universo, o som do amor intenso...
Vamos sonhar porque tudo nasce de um sonho
A arte, a bondade e a vida
E tudo mais que lhe proponho
Abram alas porque essa é a nossa vez
De ser feliz! É a nossa vez!

Sorria, sorria, o melhor da vida vai começar
Sorria, sorria, o show da vida não pode parar
Sorria, sorria, o melhor da vida vai começar
Abram alas porque essa é a nossa vez
De ser feliz! É a nossa vez!

Estou aqui

Estou aqui pra ser feliz
Estou aqui porque a vida quis

Estou aqui pra te fazer feliz
Estou aqui sem ter medo de ser feliz

Estou aqui porque o destino quis
Estou aqui porque subornei o destino
Estou aqui porque assim manda o meu coração
E quando ele fala, ele não pede, não, não, não, não...

Ele manda que eu seja sua manta
O seu mantra, a sua esperança
A sua criança

Estou aqui pra ver o sol fazer tudo crescer
Inclusive o meu amor por você
Pra ver a Lua derramar sua chuva de prata...
Fazer valer o quem ama não mata
Me fazer de gato e matraca
Uma Copacabana bem bacana

Para ouvir as canções e assistir aos clipes, viste os sites:
www.mecosimoes.com.br
www.criancando.com
www.teobaldooelefante.com.br

Visite também Meco Simões no Youtube
Facebook: Meco Simões
Américo Simões - romances

A LÁGRIMA NÃO É SÓ DE QUEM CHORA

Christopher Angel, pouco antes de partir para a guerra, conhece Anne Campbell, uma jovem linda e misteriosa, muda, depois de uma tragédia que abalou profundamente sua vida. Os dois se apaixonam perdidamente e decidem se casar o quanto antes, entretanto, seus planos são alterados da noite para o dia com a explosão da guerra. Christopher parte, então, para os campos de batalha prometendo a Anne voltar para casa o quanto antes, casar-se com ela e ter os filhos com quem tanto sonham.

Durante a guerra, Christopher conhece Benedict Simons de quem se torna grande amigo. Ele é um rapaz recém-casado que anseia voltar para a esposa que deixara grávida. No entanto, durante um bombardeio, Benedict é atingido e antes de morrer faz um pedido muito sério a Christopher. Implora ao amigo que vá até a sua casa e ampare a esposa e o filho que já deve ter nascido. Que lhe diga que ele, Benedict, os amava e que ele, Christopher, não lhes deixará faltar nada. É assim que Christopher Angel conhece Elizabeth Simons e, juntos, descobrem que quando o amor se declara nem a morte separa as pessoas que se amam.

No final, o leitor vai descobrir onde e quando os personagens encarnaram e o porquê de terem encarnado ali e se ligado uns aos outros novamente.

SE NÃO AMÁSSEMOS TANTO ASSIM

No Egito antigo, 3400 anos antes de Cristo, Hazem, filho do faraó, herdeiro do trono se apaixona perdidamente por Nebseni, uma linda moça, exímia atriz. Com a morte do pai, Hazem assume o trono e se casa com Nebseni. O tempo passa e o filho tão necessário para o faraó não chega. Nebseni se vê forçada a pedir ao marido que arranje uma segunda esposa para poder gerar um herdeiro, algo tido como natural na época. Sem escolha, Hazem aceita a sugestão e se casa com Nofretiti, jovem apaixonada por ele desde menina e irmã de seu melhor amigo.

Nofretiti, feliz, casa-se, prometendo dar um filho ao homem que sempre amou e jurando a si mesma destruir Nebseni, apagá-la para todo o sempre do coração do marido para que somente ela, Nofretiti, brilhe.

Mas pode alguém apagar do coração de um ser apaixonado a razão do seu afeto? **Se não amássemos tanto assim** é um romance comovente com um final surpreendente, que vai instigar o leitor a ler o livro outras tantas vezes.

Revela também o destino que os personagens tiveram noutra

reencarnação.

A OUTRA FACE DO AMOR

Eles passavam a lua de mel na Europa quando ela avistou, ao longe, pela primeira vez, uma mulher de rosto pálido, vestida de preto da cabeça aos pés, olhando atentamente na sua direção. Então, subitamente, esta mulher arrancou uma rosa vermelha, jogou-a no chão e pisou até destruí-la.

Por que fizera aquilo? Quem era aquela misteriosa e assustadora figura? E por que estava seguindo o casal por todos os países para os quais iam?

Prepare-se para viver emoções fortes a cada página deste romance que nos revela a outra face do amor, aquela que poucos pensam existir e os que sabem, preferem ignorá-la.

A SOLIDÃO DO ESPINHO

(REVELA O QUANTO É BOM AMAR E SE LIBERTAR DAS ILUSÕES PROVOCADAS PELA PAIXÃO)

Virginia Accetti sonha, desde menina, com a vinda de um moço encantador, que se apaixone por ela e lhe possibilite uma vida repleta de amor e alegrias.

Evângelo Felician é um jovem pintor talentoso, que desde o início da adolescência apaixonou-se por Virginia, mas ela o ignora por não ter o perfil do moço com quem sonha se casar.

Os dois vivem num pequeno vilarejo próximo a famosa prisão "Écharde" para onde são mandados os piores criminosos do país. Um lugar assustador e deprimente onde Virginia conhece uma pessoa que mudará para sempre o seu destino.

"A Solidão do Espinho" nos fala sobre a estrada da vida a qual, para muitos, é cheia de espinhos e quem não tem cuidado se fere. Só mesmo um grande amor para cicatrizar esses ferimentos, superar desilusões, reconstruir a vida... Um amor que nasce de onde menos se espera. Uma história de amor como poucas que você já ouviu falar ou leu. Cheia de emoção e suspense. Com um final arrepiante.

FALSO BRILHANTE, DIAMANTE VERDADEIRO

(ATÉ ONDE VALE A PENA IR POR UM DESEJO DE VINGANÇA)

Marina está radiante, pois acaba de conquistar o título de Miss Brasil. Os olhos do mundo estão voltados para sua beleza e seu carisma.

Ela é uma das favoritas do Concurso de Miss Universo. Se ganhar, muitas portas lhe serão abertas em termos de prosperidade, mas o que ela mais deseja, acima de tudo, é ser feliz ao lado de Luciano, seu namorado, por quem está perdidamente apaixonada.

Enquanto isso, Beatriz, sua irmã, se pergunta: como pode alguém como Marina ter tanta sorte na vida e ela não? Ter um amor e ela ninguém, sequer alguém que a paquere?

Pessoas na cidade, de todas as idades, questionam: Como pode Beatriz ser irmã de Marina, tão linda e Beatriz, tão feia, como se uma fosse um brilhante e a outra um diamante bruto?

Entre choques e decepções, reviravoltas e desilusões segue a história dessas duas irmãs cujas vidas mostram que nem tudo que reluz é ouro, nem tudo que brilha é brilhante e que aquilo que ainda é bruto também pode irradiar luz.

SÓ O CORAÇÃO PODE ENTENDER

Tudo preparado para uma grande festa de casamento quando uma tragédia muda o plano dos personagens, o rumo de suas vidas e os enche de revolta. É preciso recomeçar. Retirar as pedras do caminho para prosseguir... Mas recomeçar por onde e com que forças? Então, quando menos se espera, as pedras do caminho tornam-se forças espirituais para ajudar quem precisa reerguer-se e reencontrar-se num mundo onde **só o coração pode entender**. É preciso escutá-lo, é preciso aprender a escutá-lo, é preciso tirar dele as impurezas deixadas pela revolta, para que seja audível, límpido e feliz como nunca foi...

Uma história verdadeira, profunda, real que fala direto ao coração e nos revela que o coração sabe bem mais do que pensamos, que pode compreender muito mais do que julgamos, principalmente quando o assunto for amor e paixão.

POR ENTRE AS FLORES DO PERDÃO

No dia da formatura de segundo grau de sua filha Samantha, o Dr. Richard Johnson recebe uma ligação do hospital onde trabalha, solicitando sua presença para fazer uma operação de urgência numa paciente idosa que está entre a vida e a morte.

Como um bom médico, Richard deixa para depois a surpresa que preparara para a filha e para a esposa para aquele dia especial. Vai atender ao chamado de emergência. Um chamado que vai mudar a vida de todos, dar um rumo completamente diferente do almejado. Ensinar lições árduas...

"Por entre as flores do perdão" fará o leitor sentir na pele o drama de cada personagem e se perguntar o que faria se estivesse no lugar de cada um deles. A cada página viverá fortes emoções e descobrirá, ao final, que só as flores do perdão podem nos libertar dos lapsos do destino. Fazer renascer o amor afastado por uma tragédia.

Uma história de amor vivida nos dias de hoje, surpreendentemente reveladora e espiritual.

QUANDO O CORAÇÃO ESCOLHE

(Publicado anteriormente com o título: "A Alma Ajuda")

Sofia mal pôde acreditar quando apresentou Saulo, seu namorado, à sua família e eles lhe deram as costas.

– Você deveria ter-lhes dito que eu era negro – observou Saulo.

– Imagine se meu pai é racista! Vive cumprimentando todos os negros da região, até os abraça, beija seus filhos...

– Por campanha política, minha irmã – observou o irmão.

Em nome do amor que Sofia sentia por Saulo, ela foi capaz de jogar para o alto todo o conforto e *status* que tinha em família para se casar com ele.

Ettore, seu irmão, decidiu se tornar padre para esconder seus verdadeiros sentimentos.

Mas a vida dá voltas e nestas voltas a família Guiarone aprendeu que amor não tem cor, nem raça, nem idade, e que toda forma de amor deve ser vivida plenamente. E essa foi a maior lição naquela reencarnação para a evolução espiritual de todos.

NENHUM AMOR É EM VÃO

Uma jovem inocente e pobre, nascida numa humilde fazenda do interior do Paraná, conhece por acaso o filho do novo dono de uma das fazendas mais prósperas da região. Um rapaz elegante, bonito, da alta sociedade, cercado de mulheres bonitas, estudadas e ricas.

Um encontro que vai mudar suas vidas, fazê-los aprender que **nenhum amor é em vão**. Todo amor que acontece, acontece porque é a única forma de nos conhecermos melhor, nos perguntarmos o que realmente queremos da vida? Que rumo queremos dar a ela? Pelo que vale realmente brigar na nossa existência?

SUAS VERDADES O TEMPO NÃO APAGA

No Brasil, na época do Segundo Reinado, em meio às amarguras da escravidão, Thiago conhece a bela Melinda Florentis, moça rica de família nobre e europeia. Disposto a conquistá-la, trama uma cilada para afastar o noivo da moça e assim, se casa com ela.

Essa união traz grandes surpresas para ambos, mostrando que atraímos na vida o que almejamos, porém, tudo na medida certa para contribuir com nossa evolução espiritual.

Esta é uma história emocionante para guardar para sempre no seu coração. Um romance que revela que **suas verdades o tempo não apaga** jamais, pois, geralmente, elas sempre vêm à tona e, ainda que sejam rejeitadas, são a chave da libertação pessoal e espiritual.

DEPOIS DE TUDO, SER FELIZ

Greta tinha apenas 15 anos quando foi vendida pelo pai para um homem que a desejava mais do que tudo. Sua inocência não lhe permitia imaginar o verdadeiro motivo da compra.

Sarina, sua irmã, quis desesperadamente ir atrás dela para salvá-la das garras do indivíduo impiedoso, mas o destino lhe pregou uma surpresa, ela apaixonou-se por um homem cujo coração já tinha dona, uma mulher capaz de tudo para impedir sua aproximação.

Em meio a tudo isso, ocorre uma chacina: jovens lindas são brutalmente mortas e Rebecca, a única sobrevivente do caos, quer descobrir quem foi o mandante daquilo para fazer justiça.

Noutra cidade, Gabael, um jovem cujo rosto deformado por uma doença misteriosa, vive numa espécie de calabouço para se esconder de todos que olham horrorizados para ele e o chamam de monstro.

Num vale, Maria, uma linda menina, tenta alegrar todos os confinados ali por causa de uma praga contagiosa, odiada e temida pela humanidade, na época.

Dentre todos os acontecimentos desta fascinante e surpreendente história que se desenrola na época em que Jesus fez inúmeros milagres e marcou para sempre a história do mundo, os personagens vão descobrir que, por mais triste e desafiadora que possa ser a nossa vida, o que nos resta mesmo, depois de tudo, é procurar ser feliz.

Depois de "Falso Brilhante", "Se não amássemos tanto assim", "A outra face do amor", da trilogia "A eternidade das paixões", dentre outros romances de sucesso, o Autor nos leva a mais uma viagem emocionante pelo mundo da literatura espiritual.

Teobaldo, o elefante azul

Conta a história de um elefante que não queria ser elefante porque os achava grandalhões, desajeitados e sem graça. Mas será que um elefante consegue deixar de ser um e virar outro animal? É isso que vamos descobrir ao ler essa fascinante história!

Adotado em mais de 30 colégios particulares como livro paradidático, Teobaldo, o elefante azul é um sucesso entre a garotada. A nova versão traz um CD com 14 músicas inéditas para cantar, dançar e brincar com todos de qualquer idade.

Leo Lindo, Lourdes Linda e a vaca Joia Regina Cacilda Miúcha Fortuna Muy Bella

Leo Lindo tem uma vaca, um burro, um pombo, uma pata,
Lourdes Linda tem uma porca, um periquito e uma gata,
Leo Lindo tem um sapo, um jaboti e uma ovelha,
Lourdes Linda tem cabelo e olhos cor de sereia.

Foi numa tarde linda de verão, que Leo Lindo perdeu o chão, ao conhecer Lourdes Linda, a garota com corpo de violão.

Foi ela, sim, foi ela, sim, quem encantou o seu pobre coração.

Foi ela, sim, foi ela, sim, quem deixou o Leo com cara de bobão...

Pobre Leo, desde então só pensa em conquistar seu coração e, assim, começa esta fabulosa história que virou música e está no CD "Criançando" que acompanha este livro, incluindo a famosa canção "Seu Cocô".

Amor Incondicional

Um livro repleto de lindas fotos coloridas com um texto primoroso, descrevendo a importância do cão na vida do ser humano, em prol do seu equilíbrio físico e mental. Um livro para todas as idades. Imperdível!

Gatos muito gatos

Um livro repleto de lindas fotos coloridas com um texto primoroso sobre a importância de viver a vida sem ter medo de ser feliz. Uma obra para todas as idades. Confira!

Para adquirir um dos livros ou obter informações sobre os próximos lançamentos da Editora Barbara, visite nosso site:

www.barbaraeditora.com.br
E-mail: barbara_ed@estadao.com.br

ou escreva para:
BARBARA EDITORA
Rua Primeiro de Janeiro, 396 – 81
Vila Clementino – São Paulo – SP
CEP 04044-060
(11) 5594 5385

Contato c/ autor: americosimoes@estadao.com.br
Facebook: Américo Simões
Blog: http://americosimoes.blogspot.com.br